LIDERAZGO AL

Extremo

Marcos Witt

CARIBE-BETANIA
Una división de Thomas Nelson, Inc.
The Spanish Division of Thomas Nelson, Inc.
Since 1798-desde 1798

caribebetania.com

Betania es un sello de Editorial Caribe, Inc.
© **2004 Editorial Caribe, Inc.**
Una división de Thomas Nelson
Nashville, TN., E.U.A.
www.caribebetania.com

Diseño de portada: *Designs to go*

Diseño interior: *Grupo Nivel Uno, Inc.*

ISBN: 0-8811-3762-6

Impreso en E.U.A.
Printed in U.S.A.
2ª Impresión

CONTENIDO

PRÓLOGO

¿Cuál es el plan?

Se me acercó un muchacho de unos dieciséis años de edad con fuego en sus ojos, muestra de que su petición hacia mí sería apasionada. "Marcos Witt", comenzó, "quisiera que me pusiera las manos y orara por mí". Siempre que me hacen esta clase de petición pregunto lo mismo: "¿Acerca de qué vamos a orar?" Su respuesta no me la esperaba y me tomó por total sorpresa. Me dijo lo siguiente: "Quiero que a través de la imposición de manos, usted me transfiera todos sus conocimientos en la música. Quiero tocar el piano como usted, componer como usted y cantar como usted y tengo la fe suficiente para creer que Dios me lo puede transferir a través de una oración suya". No me caí al piso porque ejercí mucho dominio propio. No me reí a carcajadas por respeto al joven, pero te aseguro que ganas no me faltaron. Pensé que me hacía alguna broma pero al mirarlo a los ojos me di cuenta que su petición iba en serio. Para hacerte una historia larga un poco más corta, basta con decirte que sí oré por él pero mi oración, de seguro, no fue lo que ese joven se esperaba. Mi oración empezó más o menos así: "Señor, quítale a este muchacho el espíritu de pereza y dale disciplina personal para saber que las cosas que quieres poner en nuestra vida vienen tras muchos años de disciplina, trabajo y estrategia". Tan pronto usé la palabra "pereza", se le abrieron los ojos al joven y me miró como pensando que ahora el que hacía la broma era yo. Al terminar mi oración, le aseguré que no había sido una broma y comencé a explicarle acerca de la necesidad de tener disciplina y perseverancia en su vida y que a través de estas dos cualidades importantes, él podría lograr cualquier cosa que el Señor le pusiera por delante. Me tardé mucho en ayudarle a entender que mis conocimientos en la música, el canto y el piano, vinieron después de AÑOS de estudio y disciplina. Fueron el resultado de años de instrucción, miles de horas de ensayo, entrega y disciplina personal. Es muy difícil explicar esto a jóvenes como él, pero lo cierto es que *no hay atajos en el camino hacia la victoria y el éxito.*

El hecho de que estés leyendo este libro me dice muchas cosas muy importantes acerca de tu persona. Por ejemplo, sé que tienes muchas ganas de salir adelante y triunfar.

Te felicito. También sé que eres una persona lo suficientemente disciplinada como para sacar tiempo de tu día y alimentar tu mente y corazón de cosas buenas (como este libro). Te felicito. Igualmente, sé eres una persona humilde. El hecho de tomar en tus manos un libro es señal de que eres una persona que no pretendes saberlo todo y necesitas que otros te enseñen. Te felicito. Algo más que sé es que si continúa en este patrón de leer libros y permitir que otros te enseñen y te disciplinas a hacer esta clase de ejercicio, no habrá manera de que fracases. Simplemente, no habrá manera. De hecho, te lo garantizo o te devuelvo tu dinero.

Cuando estudiamos la vida de aquellas personas, tanto de tiempos bíblicos como de tiempos modernos, existe un común denominador que les caracteriza a todas ellas: la disciplina. Al analizar su vida nos damos cuenta que dejan muy pocas cosas "al azar" o "al viento" porque típicamente, son personas que tienen un plan preparado, bien pensado y en pleno proceso de ejecución. Mi objetivo a través de este capítulo es dejarte un plan sencillo que puedas emplear en tu vida para crecer en tu habilidad de liderazgo. El liderazgo es algo que todos podemos aprender a tal grado que podemos llegar a ser expertos, diestros y habilidosos en el campo. Mi deseo es que consideres este plan, no como una opción, sino como una necesidad en tu vida personal. Quizá puedas modificar el plan para acomodarse más a tus necesidades personales pero te aseguro que el tener un plan no es una opción, es un requisito para llegar a ser un gran líder. Si empleas este plan sencillo que te voy a demarcar, llegarás a acrecentar tu liderazgo de tal manera que serás irreconocible dentro de muy poco tiempo.

El plan consiste en cuatro pasos muy sencillos:

1) **LEE**. "Todo líder es buen lector y todo buen lector será un líder". Escuché hace poco que la mayoría de las personas lee un libro por año y que la mayoría de los millonarios lee un libro por mes. No lo dudo porque la lectura eleva el pensamiento de las personas, nos quita la ignorancia y nos da un vistazo a horizontes nuevos, grandes y gloriosos. La Biblia dice que una de las razones por las que perecemos es por nuestra falta de conocimiento. La lectura nos llena de conocimiento, ideas, conceptos y sugerencias que llegarán a ser factores importantes que traerán el éxito en nuestra vida personal y profesional. Por ejemplo, si lees un libro de 200 páginas quizá encuentres solo una frase o un capítulo que te motive o inspire en algo, pero si esa motivación te llevó a la acción y esa acción te redituó en grandes creces de éxito en tu vida, valió la pena haber leído ese libro, ¿no lo crees? Algunas de nuestras mejores ideas tendrán su base en alguna idea o sugerencia de otro. No tengamos pena en reconocerlo, sino que utilicemos esa realidad para nuestra ventaja y leamos todo lo que podamos.

Algunos consejos acerca de la lectura:

a) **No leas cualquier cosa, tu tiempo es demasiado valioso.** Asegúrate de conocer quiénes son los autores de los libros porque ellos serán de influencia en tu vida. Podemos pedir recomendaciones de otras personas o podemos leer la reseña o síntesis del libro y darnos cuenta si es algo que nos beneficiará o solo nos hará perder tiempo. Antes de comprar un libro, examina el índice de capítulos y decide si los títulos te llaman la atención lo suficiente como para invertir tu valioso tiempo leyéndolo.

b) Lee la Biblia. La Palabra de Dios es nuestro estándar y medidor de todo. Si algún libro que estás leyendo está en desacuerdo con la Biblia, sabes que solo estás perdiendo el tiempo. Siempre asegúrate de pasar bastante tiempo leyendo el estándar (la Biblia) porque de lo contrario, al paso del tiempo, algunas huecas sutilezas y estratagemas de hombres nos engañarán si no tenemos cuidado. Recuerda que a diferencia de todo lo demás que haya sido escrito, la Biblia fue dictada por el Espíritu Santo y conoce todas las cosas.

c) Establece una meta mensual de lo que quieres leer. Por ejemplo, mi meta es leer siete libros cada mes. Cuatro libros serán sobre liderazgo. Los demás serán biografías, historia, teológicos y demás. ¿Por qué leo más sobre liderazgo que de cualquier otra cosa? Porque es el tema que tengo que vivir todos los días más que cualquier otro. Me incumbe conocer todo lo posible al respecto. ¿Por qué me propongo una meta mensual? Para poder medir cada mes cómo voy en mi plan de lectura. Si voy adelantado, sé que puedo hacer alguna otra cosa. Si voy atrasado, necesito pisar el acelerador.

d) Por último, marca tus libros. Subraya frases importantes, conceptos interesantes, argumentos e ideas que te ayudaron a entender mejor el tema. De esta manera, siempre tendrás una referencia para usar esa frase de nuevo en el futuro. Algo que hago en cada libro es utilizar una de las hojas en blanco que están al principio para colocar los números de página donde subrayé alguna frase o concepto. De esta manera, puedo buscar más rápidamente lo que quiero referenciar. Si un libro es demasiado bueno como para subrayarlo, es demasiado bueno. Consigue otro ejemplar que puedas subrayar.

2. APRENDE. Asiste a cada evento posible donde puedan enseñarte acerca de liderazgo y donde puedas conocer a otros líderes en desarrollo. A través de esas enseñanzas, fundamentarás sólidamente tus principios como líder y te prepararás para ser uno mejor. No tan solo servirá para fundamentar tu liderazgo, sino que te motivará a ser un mejor líder. Al estar rodeado de otras personas igualmente deseosas de aprender, te encontrarás con gente que te servirá de mucha inspiración. Tendrás la oportunidad de conocer sus historias de victoria y de derrota, y te darás cuenta de que no eres el único que luchas para sacar adelante tu liderazgo. En muchas ocasiones esos eventos producen amistades que durarán toda una vida.

3. ESCUCHA. Busca líderes más fuertes que tú que puedan funcionar como una especie de maestro personal en tu vida. Seguramente algunas de ellas no tendrán mucho tiempo que invertir, pero puedes pedirles que periódicamente te dediquen un par de horas para preguntarles sobre aspectos pertinentes a tu liderazgo. Invita a esa persona a comer o simplemente busca una audiencia con él o ella. Existen muchos líderes que han alcanzado un gran nivel de éxito personal que estarían más que dispuestos a invertir tiempo en ti. Mi única sugerencia es que no los hagas perder el tiempo. Es decir, asegúrate de siempre llevar buenas preguntas y una lista de temas que quieres tocar. Estas personas no llegaron al lugar que tienen a través de perder tiempo con personas que no tienen rumbo o dirección. Si logras conseguir una audiencia, aprovecha al máximo el tiempo que pasarás con esa persona. Ve directo al grano. No pases mucho tiempo en introducciones y cuestiones insulsas (el clima, etc.) sino ve directamente al tema. Una sugerencia más: Cuando veas que se te acabó el tiempo asignado, inmediatamente dale las gracias y comienza a retirarte. La única excepción es si tu anfitrión te dice que tiene más tiempo que puede darte. Si no te invitan al tiempo adicional, no se te vaya ocurrir pasarte del tiempo que te asignaron. Hago hincapié en esto porque este tipo de líder llegó a su éxito invirtiendo muy cuidadosamente su tiempo. No le haga sentir que no eres una buena inversión de su valioso tiempo.

4. EJERCE TU LIDERAZGO. Por último, en nuestro plan de desarrollo de liderazgo, tenemos que incluir algo específico que haremos en el liderazgo. Por ejemplo, si quiero aprender a tocar el violín, tendré que programar tiempos de ensayo de violín. Si quiero aprender a cantar, tengo que programar tiempos de ensayo para la voz y además, ponerme a cantar. No aprenderé a cantar si permanezco en silencio. Si vas a aprender a ser líder, tienes que involucrarte en algo que te permita ejercer algún nivel de liderazgo. Esto es indispensable. Busca oportunidades. Pide a tus líderes que te den alguna responsabilidad para servir y déjales saber que quieres aprender de ellos. Que te hagan el favor de supervisarte, corregirte y adiestrarte en las dinámicas propias del liderazgo. Recuerda que cada error es una oportunidad para empezar de nuevo, solo que mejor. No le tengas miedo a la corrección. Es un elemento positivo en nuestra vida.

Termino este capítulo diciéndote lo siguiente: Si pones en acción este sencillo plan, dentro de muy poco tiempo no te reconocerás. Te lo garantizo o te regreso tu dinero.

Mi deseo es que seas un GRAN líder.

Con respeto,

Marcos Witt
Houston, Texas
Febrero 2003

¿Cómo conocer la voluntad de Dios para mi vida?

1

JEFFREY D. DE LEÓN

¡Qué pregunta tan importante! Esta tiene que ser una de las preguntas más relevantes que cualquier persona pueda hacerse. Recuerdo en una ocasión preguntarle a un grupo bastante grande de jóvenes cuántos de ellos querían conocer la voluntad de Dios para sus vidas. Yo diría que un 99.9% de ellos levantaron sus manos. Luego cambié la interrogante un poco y les pregunté cuántos de ellos querían hacer la voluntad de Dios para sus vidas. Lastimosamente el porcentaje de personas que levantaron la mano bajó. ¿Notaste la diferencia en las preguntas? Una decía cuántos quieren conocer y la otra cuántos quieren hacer la voluntad de Dios para sus vidas. La razón porque esto es importante es que conozco personas que llegan delante de Dios para pedirle dirección en cuanto a su voluntad para sus vidas. Dios contesta su oración y les dice que aprendan otro idioma y se vayan de misioneros a otro país, a lo que muchas personas responden diciendo: "Gracias Señor solo quería saber". Una cosa es querer conocer su voluntad y otra muy diferente es estar dispuestos a hacerla. Si estás leyendo este capítulo será porque realmente quieres conocer y hacer la voluntad de Dios para tu vida. ¡Excelente! No hay nada mejor que encontrarnos en el centro de la voluntad de Dios para nuestras vidas, pero ¿cómo podemos encontrarnos en el centro de su voluntad? En Romanos 12:1-2 Pablo nos muestra el estilo de vida que nos llevará al centro de su voluntad. Déjame aclarar ciertas cosas acerca de este pasaje. Primero es importante entender que Pablo no nos está dando una fórmula mágica. Tampoco nos está ofreciendo una solución instantánea. Pablo comparte con nosotros tres principios para la vida. En otras palabras Pablo nos está diciendo que si vivimos de la forma que él describe en estos dos versículos vamos a encontrarnos en el centro de la voluntad de Dios para nuestras vidas. Ahora bien, nota lo que el pasaje dice en el versículo 2 especialmente.

"Por lo demás hermanos os ruego por las misericordias de Dios, que presentéis vuestros cuerpos en sacrificio vivo, santo y agradable a Dios que es vuestro culto racional. No os conforméis a este siglo, sino transformaos por medio de la renovación de vuestro entendimiento, para que *comprobéis* cual sea la buena voluntad de Dios, agradable y perfecta".

Es muy importante notar que el versículo no dice "para que sepáis cual sea la buena voluntad de Dios". El versículo claramente dice: "para que comprobéis cual sea la buena voluntad de Dios". Esto quiere decir que en coherencia con el resto de la Palabra de Dios, la voluntad de Dios se comprueba, se experimenta. Dios desea que yo viva cierta clase de vida que me llevará al centro de su voluntad. Entonces sabré lo que deseaba saber al principio del camino. ¿Recuerdas a Abraham? Dios le pidió que sacrificara a su hijo Isaac en la región de Moriah sobre un monte, pero no le dijo el monte sino tres días después. Génesis 22 dice que Abraham se levantó sin saber cuál era el monte y caminó tres días sin saber cuál era la voluntad de Dios en cuanto al lugar. Pero Dios le mostró y él lo comprobó después que obedeció. Entiendo que hoy en muchas partes del mundo existen chicos y chicas que dependen de una visión o de una palabra profética para saber la voluntad de Dios para sus vidas. Todos entendemos que Dios puede utilizar los medios que él escoja para mostrarnos su voluntad, pero la realidad es que las visiones, la palabra profética y demás demostraciones son la excepción a la regla. La regla es que Dios desea que vivamos por fe. Es mucho más fácil escuchar de alguien una profecía o esperar una visión que vivir conforme a los principios delineados en Romanos 12:1, 2. No hay nada de malo en esperar que Dios te hable de diferentes maneras pero una cosa sí es cierta: Dios no quiere que dependas de ninguna de estas cosas. Dios espera de ti y de mí que vivamos vidas dignas de Él y en el proceso *comprobaremos* cuál es su buena voluntad, agradable y perfecta. Sería muy bueno entender las tres palabras que describen la voluntad de Dios para tu vida: buena, agradable y perfecta. La palabra "buena" quiere decir que no hay nada mejor para ti. En otras palabras, podrías pasarte el resto de tu vida buscando algo mejor y la verdad es que nunca lo encontrarás. Solamente haciendo la voluntad de Dios para tu vida encontrarás lo mejor. Otra palabra que describe la voluntad de Dios para tu vida es "agradable". ¿Es acaso la voluntad de Dios siempre agradable para nosotros? Si somos sinceros la respuesta es no. Recuerdo el funeral de mi mejor amigo. Su padre habló antes de enterrar a su hijo asesinado por una pandilla. Con toda la solemnidad que el momento demandaba él aceptó esta situación como algo permitido por la soberanía de Dios. Si le hubiera preguntado en aquel momento si él creía que todo esto era la voluntad de Dios estoy seguro que él hubiera dicho que sí. ¿Era esto algo agradable? ¿Era esto algo que Dios permitió? ¿Puede Dios permitir cosas en nuestras vidas que son parte de su voluntad pero que no son agradables? ¿Qué quiere decir que la voluntad de Dios es agradable de acuerdo a Romanos 12:2? Está claro que si la Biblia dice que la voluntad de Dios es agradable aún cuando a nosotros no nos parezca agradable es porque existe otra perspectiva. Una cosa es ver la voluntad de Dios desde nuestra perspectiva humana y la otra es verla desde la perspectiva divina. El hecho de que la Palabra de Dios diga que la voluntad de Dios es agradable es una forma de ayudarnos a ver las cosas desde la perspectiva divina. ¿Cómo es que la voluntad de Dios es agradable desde la perspectiva divina? Básicamente la voluntad de Dios es agradable porque Él se agrada en que nosotros hagamos su voluntad. El otro día le pedí a mi hijo André que guardara sus juguetes junto con su hermano Víctor. Esa era la voluntad de papá. Papá quería que ellos obedecieran guardando sus juguetes para evitar que alguien se lastimara con los juguetes tirados por todo el piso. André no quería recoger los juguetes. El jugar con ellos es mejor que tener que recogerlos. La parte agradable es jugar con los juguetes y la parte desagradable para ellos es recogerlos, pero esto no cambia el hecho de que la voluntad de papá sigue siendo agradable no necesariamente para los que tienen que recoger, pero sí para papá quien entiende lo importante de obedecer. André y Víctor recogieron sus juguetes aún cuando no les pareció nada agradable hacerlo. André y Víctor entienden que la voluntad de papá es agradable aún cuando a ellos no les parezca muy agradable cumplirla. Un principio universal importante es el hecho que nosotros no determinamos la realidad acerca de Dios y su voluntad. Dios seguirá siendo Dios y su voluntad seguirá siendo buena, agradable y perfecta independientemente de lo que nosotros hagamos o pensemos. El versículo 2 también dice que la voluntad de Dios es perfecta. Esto quiere decir que solamente haciendo su voluntad encontraremos total realización para nuestras vidas. En otras palabras, alguien podría pasarse toda su vida buscando ser real y totalmente feliz pero solamente haciendo la voluntad de Dios esa persona podrá encontrar total realización. En cierta ocasión conocí al presidente de la compañía nuclear más grande el mundo. Este señor tenía muchísimo dinero. Manejaba autos muy caros y tenía casas que parecían castillos. Lo interesante es que no vivía en ninguna de ellas. Lo conocí después de una conferencia cuando me invitó a comer a su apartamento. Aunque su apartamento era tan impresionante como sus casas él me confesó que era el hombre más desafortunado de todo el mundo. "Mis hijos no quieren saber nada de mí y mi esposa quiere el divorcio. Me pasé toda la vida dándoles cosas, para hacerlos felices y pensé que en el proceso yo también sería feliz". Ese día el hombre con tanto dinero se dio cuenta que la vida sin Dios no vale nada. Desafortunadamente él pensó que si seguía tratando de comprar su felicidad un día encontraría una buena oferta. Tristemente después que le presenté a Cristo él me dijo que no necesitaba de Dios. Han pasado varios años desde aquella reunión y sin dudar puedo decirte que si ese hombre no le ha dado a Dios la oportunidad de mostrarle su voluntad, todavía sigue siendo un hombre fracasado (con mucho dinero y sin familia). Antes de entrar a los principios, déjame resumir. Dios desea que nosotros vivamos una vida digna de un(a) cristiano(a), y en el proceso de llegar a ser la clase de personas que Dios quiere que seamos vamos a encontrarnos en el centro de su voluntad. Ahora bien, ¿cuáles son los principios que Pablo desea que nosotros conozcamos? ¿Qué clase de vida hemos de vivir?

El primer versículo inicia con un ruego por parte de Pablo con respecto a las misericordias de Dios. Sin duda estas misericordias deben ser parte fundamental de nuestra vida. El mantener conciencia diaria de las misericordias de Dios sobre nuestras vidas hará que podamos mantenernos en la perspectiva correcta de la vida. ¿Cuándo fue la última vez que enumeraste las misericordias de Dios en tu vida diaria? Sin mencionar la vida, el sol, el aire, el agua y tantas otras cosas que Dios ha elegido darnos por su gracia y su misericordia. ¡Oh Dios ayúdanos a no olvidarnos de todas tus misericordias!

Pablo continúa dándonos el primer principio para nuestras vidas diarias. Nos dice que presentemos nuestros cuerpos en sacrificio vivo, santo y agradable a Dios que es nuestro culto racional. ¿Cómo es posible presentar un sacrificio vivo? ¿No se supone que los sacrificios en el Antiguo Testamento eran ofrendas de animales que morían al ser sacrificados? ¿Cómo podemos entonces nosotros presentar nuestros cuerpos en sacrificio vivo? Este principio hace eco del principio que encontramos en Marcos 8:34: "Y llamando a la gente y a sus discípulos, les dijo: Si alguno quiere venir en pos de mí, niéguese a sí mismo, y tome su cruz, y sígame".

En otras palabras lo que Pablo nos reta a hacer es morir a nuestros deseos, sueños, ilusiones y planes. Dios quiere de ti y de mí una entrega tal que no quede nada para mí. Mi padre siempre me ha dicho que cuando se trata de darle a Dios, lo que importa no es cuánto le damos sino cuánto nos queda a nosotros. Dios lo quiere todo porque lo merece todo. Jesús mismo nos dio el ejemplo

19

cuando en Mateo 26:36-46 le dice al Padre: "Si es posible pase de mí esta copa, pero no sea como yo quiero sino como tú quieres". Jesús no quería morir. El pasaje dice que Jesús estaba angustiado porque sabía el sacrificio que haría por ti y por mí, y sin embargo escogió hacer la voluntad de Dios. He aquí el principio claro e implacable: Tú y yo debemos morir para que Cristo pueda vivir en nosotros y reinar en nuestras mentes y corazones. Para mí la forma de hacer esto es que diariamente y en oración entrego mi voluntad a Dios y permito que el Espíritu Santo me controle con su poder. Esa chica que tanto te agrada, entrégasela a Dios, ese chico, esa carrera universitaria, esos deseos y sueños entrégaselos a Dios. Dile sí a Dios entregándole todo lo que tienes, quieres y esperas ser, y tener.

Pablo continúa diciendo: "No os conforméis a este siglo". Aquí la palabra *conformar* tiene que ver con no hacerse a la forma del mundo, no amoldarme a las formas o patrones del mundo. Es claro que es mucho más fácil hacerse a las formas del mundo, sus costumbres y mundanalidades que mantenernos en el centro de la tensión entre lo bueno y lo malo. Es más fácil moldearse a lo que la mayoría está haciendo que ser diferentes, pero lo que Dios desea de nosotros es que seamos LUZ y SAL, no conformistas. ¿Cómo nos hemos ido amoldando al mundo? ¿En qué áreas de nuestra vida no se ve ninguna diferencia entre los patrones del mundo y las verdades poderosas de Dios?

Nunca me gustó estudiar. En especial le tenía alergia a la materia de las matemáticas. Tan solo con escribir la palabra siento que la piel me pica. En cierta ocasión mi maestro de matemáticas llegó al aula y nos asignó tareas para el día siguiente. El maestro dijo: "Para mañana tengan listos los capítulos 1, 2, 3, 4, 5 y 6, y si les queda tiempo terminen el 7". Inmediatamente pensé, "mi maestro de matemáticas no entiende que mi responsabilidad principal de niño es jugar". Sin dudar ideé un plan que involucraría a toda mi clase, a fin de evitarnos hacer la tarea. Convencí a todos mis amigos y a toda la clase para que nadie hiciera la tarea, con el razonamiento de que el maestro no iba a reprobarnos a todos. ¡Increíble! Todos estuvieron de acuerdo. Esa noche no dormí pensando en el momento de verle la cara a mi maestro para decirle que no había hecho la tarea. Al día siguiente entré a la escuela como un héroe. Mis amigos me saludaban con grandes honores e incluso algunos de la clase que no me saludaban antes de que se me ocurriera un plan tan fabuloso. El maestro entró a la clase y empezó a llamar lista. "Andrés". "Presente, profesor". "¿Hiciste la tarea?" "No profesor". "María". "Presente, profesor". "¿Hiciste la tarea?" "No profesor". "De León, De León Jeffrey", pensaba yo, ya casi me toca. "Jeffrey". "Presente profesor". "¿Hiciste la tarea?" "No, profesor", etc. De repente el profesor cambió la pregunta: "¿Por qué no? ¿Por qué no hicieron la tarea?" De inmediato pensé, "esta es la oportunidad que estaba esperando". Me puse de pie, saludé a todos mis amigos y le dije al profesor: "Como nadie la hizo, profesor, ¿qué tal si...". El profesor me tomó de la oreja, me paró al frente de toda la clase y dijo: "Mal de muchos consuelo de brutos".

Así suenan nuestras excusas: "Todos lo están haciendo", "todos tienen novios no cristianos", "todos se meten en deudas", "todos ven pornografía", "todos mienten o roban", etc.

"Mal de muchos consuelo de brutos", dijo mi profesor de matemáticas, y Dios dice "no os conforméis a este siglo", no hagan nada porque otros lo están haciendo. Sean la luz, sean la sal de este mundo, sean diferentes, no se amolden a los patrones de este mundo. Nunca hagas nada en tu vida o ministerio solamente porque otros lo están haciendo. Hazlo porque tienes la convicción de que es consecuente con Dios y su verdad.

Recordemos el primer y segundo principio. Primero digo no a mi voluntad y digo sí a la voluntad de Dios. Segundo, rehúso amoldarme a la forma de este mundo. Ahora, Pablo nos introduce en la segunda parte del versículo 2 a una verdad increíble. Pablo dice que debemos ser transformados por medio de la renovación de nuestro entendimiento. Este pasaje hace eco del Salmo 119:9, 10: "¿Con qué limpiará el joven su camino? Con guardar tu palabra. En mi corazón he guardado tus dichos para no pecar contra ti". La Palabra de Dios tiene el poder de darnos nuevos pensamientos, nuevo entendimiento. El resultado de esta renovación será la transformación, la metamorfosis en nuestras vidas. La palabra "transformaos" es *metamorfosis*. De gusano a mariposa. ¡Qué palabra tan apropiada! Una vida de gusano puede ser transformada a una vida de mariposa. Pasar de una vida arrastrada a una vida volando. Dios desea que nuestras vidas se caractericen por transformación interna. Esta transformación solamente vendrá como resultado de invertir tiempo conociendo al Dios de la Palabra a través de la Palabra. No basta solamente con conocer la Palabra por conocer la Palabra. Cualquier persona puede conocer la Palabra en una forma trivial como los fariseos. El reto es conocer al Dios de la Palabra a través de su Palabra. Lo que va a suceder como resultado de este estilo de vida será que nos encontraremos en el centro de la voluntad de Dios. Comprobaremos cuál es su buena voluntad, agradable y perfecta.

La mejor forma de averiguar lo que Dios quiere de mí mañana es obedecerle hoy. Mi obediencia a Él hoy determina su guía para mi vida mañana. ¿Recuerdas a Saúl? Saúl es el rey que buscó dirección de Dios en cierta ocasión y no encontró respuesta. ¿Por qué? La verdad es que Dios ya le había dicho qué era lo que Él quería que Saúl hiciera, pero Saúl no obedeció. Después, cuando quiso la guía divina, no la obtuvo por ningún medio.

Conozco muchos cristianos que han llegado a desarrollar raíces en las bancas esperando alguna revelación sobrenatural. Este hermanito llevaba años buscando una revelación de Dios hasta que perdió la habilidad de escuchar y pronto sus familiares se encontraron preparando su funeral. Nunca se involucró, sino que simple y llanamente se sentó a esperar sin actuar. Tanto tú como yo tenemos que lanzarnos al agua si vamos a aprender a nadar. No puedes perder con Dios. Tienes que tomar el paso de fe que Dios te ha pedido que tomes. La vida cristiana se vive paso por paso. Toma el primer paso por fe y Dios te mostrará el siguiente paso. ¿Tienes que solicitar para entrar a la universidad? Solicita y Dios te ayudará a comprobar su voluntad. ¿Tienes que romper con un novio? Rompe y Dios te ayudará a comprobar su voluntad. ¿No sabes qué hacer mañana? Obedece a Dios hoy y te aseguro que Él tiene el mañana en sus manos. Pon tu mano en su mano y empieza a caminar.

Sí se puede

2

JOHN VEREECKEN

"Ahora va a pasar Xuha y nos va a enseñar". Estas palabras produjeron espanto
en mi ser. "Todos son mayores que yo.
Todos tienen más experiencia que yo y además de eso, la
persona que acaba de decir estas palabras me va a estar
escuchando". Estos eran mis pensamientos.

Tenía veinte años y solo diez meses de haber comenzado a aprender a hablar otro idioma, el español. Estaba
viviendo en un lugar donde nadie me conocía. ¿Cómo
era posible que este hombre me permitiera hablar con
un grupo de sus líderes? ¿Quería que fracasara o realmente creía en mí?

25

Aquel día habíamos caminado seis horas por las montañas, subiendo, bajando y cruzando ríos, hasta llegar a un pueblo llamado "Buena Vista", ¡y vaya que la tenía! En este lugar realizamos una conferencia para las personas en liderazgo de esa región.

La persona que me estaba presentando se llamaba Venancio Hernández y era "el líder" de todos los líderes. Recientemente había llegado a ser mi guía, mi maestro, mi mentor. En ese entonces él tenía 69 años de edad y 44 años formando a otros líderes, fundando iglesias y siendo un ejemplo ante muchos.

Como descubriría después, esa presentación se repetiría cientos de veces ante miles de personas y Venancio no quería que fracasara... ÉL REALMENTE CREÍA EN MÍ.

En la Biblia y a lo largo de la historia del planeta Tierra, descubrimos el formidable poder que existe en una atmósfera positiva, abierta y abrasadora para producir algunas de las personas más extraordinarias que jamás hayan vivido. Es más, parece ser un requisito para que una persona pueda desarrollarse al máximo.

Al mismo tiempo, una atmósfera negativa, cerrada y controladora estanca el potencial que hay en los individuos y como resultado, tenemos a millones de personas inhabilitadas, cerradas y sin futuro, que pasean sin rumbo por la vida.

La Biblia habla de Salomón como uno de los hombres más sabios que han existido. Él dijo: "Cual sea el pensamiento del hombre, tal es él". En pocas palabras, una persona va a actuar conforme a la manera que piensa de sí misma. Esta antigua verdad ahora es aceptada y creída entre los psicólogos, al grado que sus tratamientos (que no son médicos) tienen que ver con autoestima, autoevaluación y autoaceptación. ¿Por qué? Porque si pueden lograr que una persona cambie el concepto que tiene de sí misma, el individuo puede cambiar toda su vida. Desafortunadamente, su porcentaje de éxito es mínimo.

En los años de formación de la autoimagen de una persona (de los 13 a los 19), los refuerzos positivos hacen toda la diferencia. Un adolescente no sabe qué pensar de sí mismo, entonces busca la respuesta en aquellos que le rodean. Al escuchar las palabras y ver las acciones de unos pocos, una persona identifica "quién es" en su propia mente.

Lo ideal sería que los padres y las personas más cercanas a este adolescente, reconocieran el enorme potencial en su vida y lo magnificaran ante sus ojos hasta hacer que él lo vea y lo crea también. Desafortunadamente muy rara vez esto sucede.

Los padres ausentes, separados o divorciados, mandan un mensaje a su hijo o hija: "No tienes valor". Esto deja al adolescente en manos de sus amigos, quienes en su mayoría están batallando con su propia identidad y ven necesario menospreciar a otros para sentirse mejor, y la desestimación continúa. Como último recurso el joven busca refuerzos positivos acercándose a un profesor, a una persona que respeta o a una autoridad espiritual. Si estas personas no creen en él genuinamente, animándole positivamente, ayudándole a ver todo el potencial que hay en su vida, la persona aceptará las indicaciones que ha recibido: "No eres gran cosa". Y la verdad es, a menos que esto cambie, que nunca lo será. No por ausencia de potencial en su vida, sino porque ha decidido aceptar la falsedad de que no existe grandeza en su vida. Se identifica a sí mismo como una persona sin gran valor, sin gran potencial y como resultado, sin gran futuro. Piensa que no importa la vida que lleve, cualquiera da lo mismo; no importa el tipo de esposo que sea, cualquiera da lo mismo... entonces los resultados son fatales porque: "Como piensa una persona de sí misma, así es ella".

Como antes mencioné, el capullo para el buen desarrollo de todo el potencial que hay en la vida de cada uno, es un ambiente positivo, animador y edificante. Edificar significa levantar o construir. Eso es lo que Dios quiere que hagamos para otros (Romanos 14:19, 15:2; 1 Tesalonicenses. 5:17).

He tenido dos personas muy importantes que han creído en mí durante mi vida. A una de ellas no la escogí, nací en el seno de su familia. Me refiero a mi padre. No recuerdo que mi padre me dijera nunca que yo no podía hacer algo. Al contrario, cualquier idea que se me metía en la cabeza y que le mencionaba, él me decía:

"Claro que lo puedes hacer, y lo harás bien". Esto creó en mí una mentalidad de que no había límites, solo oportunidades esperándome. *¡Wow!* Qué libertad y seguridad sembró en mí.

La segunda persona fue alguien a quien escogí para estar cerca de él. Fue mi mentor Venancio Hernández. Este hombre, aunque sólo tenía una educación de segundo año de primaria, tenía atributos tan increíbles que eran como un imán para mí. Todo lo que sobresalía en él brotaba de su seguridad como persona. Seguro de quién era y del propósito por el que existía, fue capaz de aceptar fácilmente a otros y abrazar lo "especial" de otras personas, como lo hizo conmigo.

Al acercarme a Venancio, aprendí a estar cómodo conmigo mismo y a "atreverme" a intentar todo lo que había en mi corazón (deseos, sueños, pasiones, etc.). Su seguridad como persona le ayudó a formarme como individuo, dejándome fallar sin desecharme y sin tener que comprobarle algo a él o a otros, actuando de cierta manera.

Así fue como Jesucristo caminó con sus discípulos. En tres y medio años, Jesús formó a once hombres de tal manera, que ellos cambiaron el mundo por completo. Una vez más, la clave está en la forma en que Jesús creía en ellos, a pesar de sus errores, su ignorancia o incluso, su pecado. Jesús decidió poner el futuro de Su reino y de la raza humana en las manos de estos hombres comunes. ¿La clave del éxito de su plan? Creer en ellos.

Cuando no pudieron echar fuera al demonio del muchacho, no los despidió. Y cuando algunos iban a regresar a su profesión después de que Jesucristo había muerto, Él simplemente se les apareció para reiterar su confianza en ellos (Juan 20:19-30; Juan 21).

Jesucristo mismo recibió mucha confianza de su Padre y la confirmación de que el Padre creía en Él cuando Dios habló del cielo diciendo: "Tu eres mi Hijo amado, en ti tengo complacencia". Estas palabras fueron las que lanzaron a Jesucristo a su ministerio. Así de poderoso es el creer en otro.

Como un último ejemplo de la enorme necesidad de creer en otros para poder aprovechar todo el potencial que hay en ellos, pensemos en Dios. Sabemos que en Dios hay todo: salvación, poder, sanidad, libertad, propósito, prosperidad, y la lista no tiene fin. ¿Qué es lo que hace que se manifieste lo que hay en Dios? La respuesta tiene fin. ¿Qué es lo que hace que se manifieste lo que hay en Dios? La respuesta es CREER EN ÉL. Todo reside en Dios, pero es cuando le creemos que Él se puede manifestar.

Creer en otros y que otros crean en nosotros es la clave para que uno se desarrolle al máximo.

La presente generación de jóvenes está desesperada por encontrar a alguien que crea en ellos. Tantos divorcios y tantos problemas emocionales de los adultos han hecho que a la juventud actual solamente le importe su bienestar y les ha robado a muchos de creer en sus padres.

La inseguridad de las personas en posiciones de liderazgo ha producido un liderazgo sin la habilidad de poder creer en otros. ¿Qué haremos? ¿Qué debes hacer tú, joven, que necesitas un modelo, un mentor o simplemente alguien que crea en ti? Tal vez dices: "Pues yo nunca he tenido una persona que haya creído en mí en toda mi vida y lo anhelo".

Pienso que sería darte falsas esperanzas el decirte que las personas a tu alrededor cambiarán. Dios hace milagros, sí, pero en este caso Él está limitado por la voluntad del hombre. La mayoría de las veces las personas que tenemos a nuestro alrededor tienen que ser cambiadas. Sugiero varios pasos a seguir. Primero, pídele a Dios que traiga a tu vida personas que crean en ti y te impulsen a desarrollar tu potencial. Segundo, da el primer paso, ve en busca de personas de este estilo y haz lo necesario para acercarte a ellas. Tercero, se de las personas que cree en otros, recuerda que lo que tú siembres, cosecharás.

Ester y Mardoqueo

Ester fue una mujer extraordinaria que salvó a miles de personas cuando arriesgó su propia vida por ellas.

Ester tuvo muchas razones por las cuales cerrar su vida y ahogarse en autolástima debido a sus propias tragedias. Probablemente, Ester siempre se sintió fuera de

31

lugar. Para empezar, ella nació en una nación que no era la de sus padres. Tenían costumbres diferentes, idioma diferente. Como si eso no fuera suficiente, su papá y su mamá murieron y tuvo que ir a vivir con sus tíos y primos. Después de esto, la llevaron a vivir al palacio durante un año y entre muchas mujeres, ya que participaría en una competencia de hermosura física y amabilidad interna. A la mayoría de las personas esto les hubiera producido mucha inseguridad. No fue así con Ester.

MARDOQUEO

No sabemos si Ester conoció a sus padres, pero sí sabemos que ellos murieron cuando ella era muy joven y que su tío Mardoqueo la adoptó como hija suya. Ester tenía una relación muy especial con Mardoqueo y por supuesto, Mardoqueo apreciaba a Ester, creía en ella y entendía que tenía un destino. Por lo que vemos en las Escrituras, la meta de Mardoqueo era prepararla para llegar a su destino. Ester veía en su tío a un aliado que creía en ella y eso atrajo a Ester hacia Mardoqueo en muchas maneras. Veamos la dinámica de su relación.

Oportunidades

Mardoqueo quería que Ester tuviera todas las oportunidades que tendrían las demás personas (2:10).

Interés

A Mardoqueo le interesaba mucho todo lo que le sucedía a Ester (2:11).

Educación

Mardoqueo la educó para toda circunstancia, aún para asistir a una cita con el rey (2:15).

Influencia

Aparentemente Mardoqueo le enseñó a Ester cómo influir en la vida de otros porque tan pronto como el rey la hizo reina, ella influyó en él para que bajara los impuestos y fuera más generoso con el pueblo (2:18).

Obediencia

A través del tiempo, Mardoqueo comprobó su fidelidad y lealtad hacia Ester por lo que ella tenía la confianza de obedecerle aún en lo que no entendía (2:20).

Confianza

Mardoqueo confiaba en la joven Ester. Cuando él se enteró de un plan para matar al rey, se lo hizo saber a Ester (2:21-22).

Propósito

Mardoqueo reconoció que Ester tenía un propósito divino y la animó a abrazarlo cuando llegó su momento (4:14).

Liderazgo

Ester aprendió del liderazgo de Mardoqueo y cuando llegó el momento, Mardoqueo supo soltarla e incluso pudo seguir su liderazgo (4:16-17).

Sabiduría

Ester adquirió sabiduría de su tío Mardoqueo y la ejercitó para salvar a miles (5:1-14; 6:1-14; 7:1-10).

Cumplimiento del propósito

Una relación como esta trajo el cumplimiento del plan de Dios tanto para Ester como para Mardoqueo (8:1-2). Los dos terminaron administrando la nación e influyendo en gran manera en miles de vidas.

¡Ah! Cuánto deseo lo que Ester tuvo en Mardoqueo para cada joven y señorita de esta generación. Es más, el futuro del planeta tierra depende de ello.

Joven, considera los beneficios de encontrar y permitir a una persona que cree en ti, influir en tu vida. Personalmente, creo que es la única manera en la cual uno puede llegar a alcanzar todo su potencial. Necesitamos a otros.

Para los que tienen el potencial de ser Mardoqueos, observen el resultado de la inversión en la vida de Ester. Ester 10:2-3

Y todos los hechos de su poder y autoridad, y el relato sobre la grandeza de Mardoqueo, con que el rey le engrandeció.

Porque Mardoqueo el judío fue el segundo después del rey Asuero, y grande entre los judíos y estimado por la multitud de sus hermanos porque procuró el bienestar de su pueblo y habló paz para todo su linaje.

Vale la pena **creer en otros**. Es la clave para desarrollar el potencial que hay en esta generación.

Bob era un jugador de básquetbol profesional. Jugaba con los Bulls de Chicago. Parecía tener una vida exitosa. Era casado, ganaba mucho dinero y tenía el título del jugador con mayor suma de puntos en la organización de los Bulls de Chicago. Pero hablaba poco de sus logros. Hablaba poco porque era tartamudo. Tartamudeaba tanto que no podía hablar en público.

En 1977 Bob se jubiló de jugar al básquetbol profesional. Su esposa sabía que Bob nunca encontraría un buen trabajo debido a su impedimento. Un día, ella se fue de la casa y se llevó todo el dinero. Bob se encontró solo, sin recursos y sin trabajo. Por los siguientes siete años, Bob anduvo de trabajito en trabajito hasta conseguir un trabajo de tiempo completo en la cafetería de la tienda por departamento Nordstrom's recogiendo mesas y lavando trastes.

Fue el tiempo más vergonzoso de su vida. Las personas que llegaban a comer reconocían a Bob recogiendo las mesas. Decían en voz baja: "Ese es Bob. Antes era un jugador de baloncesto profesional. ¡Qué lástima!" Pero eso le hacía esforzarse más. Trabajó fielmente por un año y medio en Nordstrom, sin faltar ni un día.

Uno de los dueños de Nordstrom se fijó en Bob. Un día, se presentó con él y le dijo que había visto su dedicación al trabajo. También había notado en Bob el potencial de poder hacer cosas mayores que trabajar en la cafetería. Le hizo una propuesta: Si Nordstrom le pagaba la terapia de habla y Bob podía superar su tartamudeo, entonces le ofrecería como trabajo el ser uno de los directores de dicha compañía.

Bob encontró una especialista que trabajó con él por un año y medio hasta poder superar su problema de tartamudeo. Como le había prometido, el dueño de Nordstrom le hizo uno de los directores de la tienda. Dos años después, fue escogido para ser el portavoz corporativo de todas las tiendas de la cadena Nordstrom a nivel nacional. En 1991, los Bulls de Chicago le pidieron que fuera el Director de Relaciones Públicas, su trabajo hasta hoy en día. Además, por si eso fuera poco, recientemente aceptó ser un candidato para Concejal de la Ciudad de Chicago.

Surfea con tus sueños

3

Lucas Leys

Dios quiere que algún día puedas descansar en la playa de muchos sueños cumplidos, pero: ¿Cómo llegar a esa playa? Aquí te presento cinco claves que he observado en la vida de personas que navegan las olas de la vida correctamente y cumplen sus sueños. Las claves tienen que ver con sacar lo mejor de ciertas olas que todos debemos enfrentar.

1. DEFINE TUS METAS

Una de las herramientas más increíbles que Dios nos dio y que los cristianos a veces usamos muy poco es la imaginación. Dice Proverbios 29:18 (NVI) que el pueblo sin visión se extravía. ¡Despierta las neuronas! Las personas que alcanzaron el éxito no son personas que dependieron del azar sino que mantuvieron una imagen mental de lo que deseaban. Armar un rompecabezas sin la imagen de lo que tenemos que armar es casi imposible. Supongamos que tienes medio siglo por delante, ¿A dónde quieres llegar? Una pregunta divertida: ¿Cuál sería el discurso te gustaría que se dijera en tu funeral? Muchos se hunden en la ola del azar al vivir vidas sin ponerse metas claras. Tienes que "surfear" esta ola y poner en claro cuáles son tus metas.

Me encanta la definición de **FE** que da Hebreos 11:1: *"La fe es la certeza de lo que se espera, la convicción de lo que no se ve"*. ¿Qué es la certeza de lo que se espera sino una imagen mental de lo que viene, acompañada de una seguridad interior de que va a ser así?

Les hago una confesión: tenía unos ocho años cuando pusieron un espejo grande y viejo en mi habitación. No tenía hermanos, así que jugaba mucho tiempo solo. Estaba jugando y de pronto, mientras miraba el espejo, me imaginé un gran auditorio lleno de espectadores y allí no más solté mi primer sermón. Recuerdo que me sorprendí por todo lo que pude decir. Predicaba con pasión, movía mis manos y levantaba mi voz. Esa imagen quedó grabada en mi vida y eso es exactamente lo que hago hoy. Estoy convencido que Dios puso esto en mi imaginación para que me ayudara a definir lo que hago hoy para Él.

Pero el diablo también sabe lo mucho que ayuda el incentivar nuestra imaginación para establecer metas. Por eso constantemente trata de enchufarnos imágenes negativas y de fracaso. Lo hace a través de las palabras de tus compañeros de escuela, lo hace al hacerte comparar con falsas imágenes que vienen de los medios masivos de comunicación y hasta pudo usar a tus padres para achatar tu imaginación positiva. Muchas cosas se van a poner entre ti y una imagen de adónde quieres llegar, pero tienes que pintar el cuadro con fe. Ponle muchos colores y sonido estéreo.

2. Planea en partes pequeñas

Entre la estación de salida y la estación de llegada hay varias estaciones intermedias. Muchos fallan porque sueñan cosas grandes para el futuro pero ven lo que hacen hoy mismo como si no tuviera ninguna importancia. Se hunden en la ola de la falta de planificación. Escuché decir que el éxito es la suma de pequeños esfuerzos que se repiten día tras día. El que lo dijo tenía razón. Nada grande se crea de repente.

Estás estudiando y te rompes la cabeza pensando qué tiene que ver esto con mi futuro. Te voy a dar la respuesta: Todo. Aquella materia o situación difícil no va a ser la última vez que tengas que tratar con algo que no es de tu agrado. Tienes que sobreponerte y actuar con responsabilidad. Más allá del título de la materia o de la cara del monstruo que te viene a la mente hay un reto que debes superar. Se trata del conocido juego: *¡Siempre vas tener que hacer algo que no te agrada!* Las personas que viven escapando de este desafío, muy pronto verán en la pantalla la frase *Game Over*.

Cuando tengamos proyectos lejanos nos toca hacer una lista de los pasos necesarios para llegar a ese destino. La primera clave tiene que ver con el largo plazo. La segunda tiene que ver con el corto plazo, empezando por hoy. ¿Qué voy a hacer distinto este mes? ¿Cuántos amigos nuevos quiero hacer? ¿Qué malos hábitos voy a vencer este año? ¿Cómo voy a crecer en mi relación con Dios? Entiende esto: "Nadie planea fallar pero muchos fallan por no planear". La mejor arma no tan secreta para ayudarnos es un calendario. ¿Te pones límite de tiempo para terminar algo? Ponernos presión con tiempos límite nos ayuda en la aventura de llegar a lo que nos proponemos.

Volvamos al sueño grande. ¿Conoces a personas que han llegado a donde te gustaría llegar? ¿Qué necesitaron para llegar a donde llegaron? ¿Estudios? ¿Contactos? ¿Disciplina? ¿Fe? Muy bien, en oración tienes que establecer planes y estrategias para tener las mismas cosas. Por ejemplo: Estudios. Si necesitas llegar a la universidad debes terminar la secundaria. Por cierto que muchas veces no solo se trata de pasar las etapas sino CREARLAS. Debo planear metas más fáciles y más realistas hoy que me van a ayudar a ganar experiencia para llegar a mi proyecto futuro.

3. HAZ UN PACTO CON TUS DECISIONES

Si tomamos los sueños a la ligera, perderán su potencial. Muchas voces a tu alrededor te van a decir que hay que ser realistas y prácticos, y que debes bajarte de los sueños. Claro que todos debemos ser sinceros con nosotros mismos y también realistas, pero no fueron los realistas quienes trajeron el progreso al mundo. Las ciencias médicas se desarrollaron a partir de personas que imaginaron algo imposible para su momento. La tecnología se aceleró en base a soñadores que visualizaron un mundo mejor con la ayuda de algunos artefactos locos y todas las ciencias progresaron porque alguien tuvo un sueño. Una de las declaraciones más estúpidas de la historia fue la de Charles H. Duel de la Comisión de Patentes de Estados Unidos en 1899. Duel escribió un artículo titulado *Todo lo que puede inventarse, ya ha sido inventado*. Seguramente Carlitos pensó que era realista. La historia le respondió con el cine, las computadoras y la licuadora de tu mamá.

Hay algo importantísimo que lleva un sueño a hacerse realidad y es la determinación del que lo tiene a que el sueño se haga real. Muchos se hunden en las olas de la duda y la falta de seriedad al tomar sus decisiones. Comprometerte con tus decisiones significa constancia y pasión. En la iglesia hacemos mucho énfasis en tomar las mejores decisiones pero quizás lo más difícil es mantenerlas. La constancia en una gran decisión es la suma de una infinidad de veces en que volvemos a tomar la decisión.

La pasión tiene que ver con la energía de tu corazón y hay que estar atentos porque la energía del corazón es como el tanque de gasolina que siempre hay que volver a llenar. Siempre va a haber circunstancias que te sacarán la energía, por eso debes buscar formas de cargarte las pilas. Lo primero es estar bien conectado a la turbina del Espíritu Santo en una relación diaria de amor con el Dios de los sueños. Estos son otros cargadores de pilas: Nunca dejar de ir a la iglesia, cada semana hacer algo que te gusta, buscar materiales que tengan que ver con tus sueños (buenos libros o videos), buscar personas que tienen el mismo interés y de nuevo, nunca perder tu comunión personal con el Creador pues Él verdaderamente quiere lo mejor para tu vida.

4. Suma a otros surfistas

Dios nos diseñó para trabajar en equipo. Eclesiastés 4:9 dice que dos funcionan mejor que uno y la imagen más clara para referirse a la iglesia que usa el Nuevo Testamento es la de un cuerpo. Dejemos que Pablo lo explique: *El cuerpo no es un solo miembro sino muchos...Si todo el cuerpo fuese ojo, ¿Dónde estaría el oído?...Dios ordenó el cuerpo... para que no haya desavenencia en el cuerpo sino que todos los miembros se preocupen los unos por los otros (1 Corintios 12:14, 17, 20, 25).*

Si Dios te ha dado un sueño es seguro que alguien deberá complementarte. Muchos fracasos han venido como resultado de aquellos que quisieron hacer la del llanero solitario. Hasta Jesús tuvo un grupo íntimo de amigos para hacer su trabajo más efectivo. No me ha sorprendido encontrar que los ministros del evangelio que se han mantenido pujantes y fieles en el transcurso del tiempo, siempre han tenido un grupo de pares que los apoyaba, cuidaba y corregía. No siempre los vemos, pero detrás de un Billy Graham o un Luis Palau, siempre hubo un grupo de amigos íntimos a su alrededor. Y no solo los ministros famosos. Gran cantidad de misioneros que fueron fieles en lugares desconocidos dan testimonio que lo primero que hicieron fue buscarse un pequeño grupo de oración.

Cada quien necesita compañeros de sueños. Te pregunto: ¿Has procurado conseguir un grupo pequeño de amigos donde no solo puedas compartir cosas superficiales sino que puedas confesar tus pecados y tus virtudes como tú las entiendes? Cuesta, pero debemos intentarlo. Tengo algunos amigos con quienes puedo pensar en voz alta. Ellos no me llaman "Pastor Lucas", sino que hasta pueden llamarme por nombres que si no fueran ellos los que me los dicen, me daría mucha vergüenza. Estos amigos pueden corregirme y eso me ayuda a mejorar. Cuando piensan distinto, no me siento amenazado porque sé que me aman y puedo hablarles francamente de todo.

Al mirar algunas especies de pájaros puedes notar que forman una V cuando vuelan largas distancias. Algunos biólogos han estudiado este comportamiento y han descubierto que al hacerlo pueden volar con más eficiencia que volando solos y también han observado que cuando el pájaro que está al frente se cansa, se cambia de lugar con otro. Un detalle más es que los que emiten ruidos son los de atrás porque están animando a la formación. ¡Increíble! Ellos saben trabajar en equipo.

Lo mismo se aplica para *surfear* con tus sueños. Te confieso que trabajar en equipo me costó mucho. Cuando era más joven, pronto bajaba los brazos, pero después entendí que aunque era un proceso que me demandaba un esfuerzo extra, después rendía mucho más que tratando de conquistar solo las olas.

Si te cuesta trabajar en equipo debes proponértelo e identificar porqué te resulta difícil hacerlo. Si piensas *ya soy así, no puedo trabajar en equipo*, has tomado una decisión que te llevará a muchos fracasos. Todos podemos trabajar en equipo porque fuimos diseñados para eso. Piensa en tu familia como un equipo que debe lograr el éxito y tu relación con tus padres cambiará. Piensa en el grupo de jóvenes de tu iglesia como un equipo y seguro que alcanzarán más metas. Piensa en alguien con quien hasta ahora no has podido trabajar. ¿Qué cosas debes cambiar?

Último consejo práctico para trazar un plan de acción que te ayude a trabajar mejor en equipo: Examina tu trato con personas del otro sexo, de otra edad, que se vistan distinto, que escuchen otra música, que tengan una personalidad opuesta a la tuya o sean de otra raza.

¿Puedes relacionarte correctamente con ellos? Si no puedes relacionarte con alguna de estas personas, ya tienes por dónde empezar a trabajar. Dios nos diseñó para alcanzar nuestro máximo potencial en equipo y pensar que podemos surfear los sueños solos es un terrible error.

5. Persiste en la tabla

Algunos se hacen a la idea equivocada de que a las personas exitosas todo les sale bien. No es cierto. Todas las personas que han sabido surfear sus sueños han aprendido que a veces hay que pegarse un par de chapuzones para aprender a surfear mejor. Estas personas saben que peor que muchos fracasos son pocos intentos. Aún el crecimiento espiritual no funciona tomando una decisión emotiva en un congreso y listo. Hay que persistir en la tabla. Te vas a equivocar, algunas cosas no van a salir como esperabas, otros van a dudar de ti, algunos tiburones te van a querer hundir y tragar, pero tienes que persistir. Tus sueños demandan que cada vez que caigas te vuelvas a parar en la tabla y sigas apuntando a la playa. Algunos nunca llegan porque constantemente se hunden en la ola de la autocompasión y el sentimiento de víctima que los atrapa después de que algo no sale como esperaban. Los cumplidores de sueños saben reflexionar y meditar acerca de cómo están haciendo las cosas. Constantemente están evaluando lo que hacen con vistas a mejorar. Ahora bien, autoevaluarse no es lo mismo que autocriticarse. La autocrítica tiene que ver con decirse comentarios negativos después de hacer algo mal y por lo general tiene que ver con mensajes de desprecio que recibimos desde la niñez, o de gente que no nos quiere, que nos vienen a la cabeza cuando algo no nos sale como hubiéramos querido. Ahí muchos se hunden pensando que en realidad los sueños son imposibles y que es mejor conformarse y no arriesgarse a ser el hazmerreír de nadie. El problema es que negar que podemos realizar aquello para lo que Dios nos escogió es un pecado de *arrogancia*. Es creer que sabemos más que Dios. Él nos escogió para cosas importantes y trascendentes: recuerda que somos sus representantes aquí en la tierra. La Biblia está llena de nombres preciosos para nosotros: hijos, herederos, sacerdotes, escogidos, embajadores y más. Muchos quieren servir a Dios pero a la hora de las oportunidades parece que solo quieren servirlo en calidad de consejeros y su consejo es siempre "no, no lo hagas, no puedes hacerlo, ya fracasaste antes".

Para surfear tus sueños y conquistar las olas de la vida debes creerle al Dios que cree en ti. Me parece curioso, pero a veces me doy cuenta que Dios tiene más fe en muchas personas de las que esas personas tienen en Él. Problemas siempre va a haber. Las dificultades son cosas propias del crecimiento. Caerte al agua siempre sucede, pero persiste. Sujeta tu tabla. Vuélvete a levantar. No mires atrás y apúntale a todo lo que Dios ponga en tu corazón.

Una cosa es "creer en teoría" que Dios puede hacer cosas grandes y otra es subirse a sus manos para que nos lleve a la playa de los sueños. Ser cristianos es una aventura de fe. Es una carrera hacia el cumplimiento de los sueños de Dios para nuestras vidas. Decía el apóstol Pablo: "Porque Dios es el que en vosotros produce el querer como el hacer, por su buena voluntad" (Filipenses 2:13). Lo que quiere decir es que tus sueños tienen que ver con las promesas de Dios porque su Espíritu Santo los puso en ti.

Nadie está más capacitado para cumplir sus sueños que el que tiene sueños compartidos con el Señor de las galaxias. Nuestra tierra está aguardando una generación de cristianos que levanten una luz de esperanza en un mundo de desesperanza. ¿Crees que Dios puede llevarte más allá de lo que imaginas? El diablo va a intentar por todos los medios de convencerte que no puedes surfear tus sueños y hasta va a decirte que es más espiritual no tenerlos. No le hagas caso.

Ojalá que puedas surfear con el apóstol Pablo diciendo: "Prosigo por ver si logro aquello para lo cual fui también asido por Cristo Jesús… una cosa hago, olvidando ciertamente lo que queda atrás, y extendiéndome a lo que está adelante, [surfeo a la playa de los sueños cumplidos], al premio del supremo llamamiento de Dios en Cristo Jesús" (Filipenses 3:12-14).

Siete trampas para un talentoso

4

LUCAS LEYS

El primer rey de la historia de Israel tenía todas las condiciones para ser un hombre de éxito. El pueblo había elegido al alto, bronceado y buen mozo joven que se destacaba naturalmente por encima de los demás. La espada le quedaba perfecta y su armadura Calvin Klein se ajustaba de maravilla. Todas las revistas lo tenían en primera plana y ya habían comenzado a circular sus nominaciones para líder del año. Así empezó Saúl, pero ya sabemos el final. Saúl nunca alcanzó su potencial y se quedó estancado sin ser el rey que el pueblo necesitaba y el líder que Dios quería.

49

Muchos se engañan pensando que el éxito depende del talento natural y de las posibilidades con que nacemos desde niños. Es mentira. Conozco muchos talentosos que viven vidas mediocres y conozco personas que nacieron en lo que podía decirse la cuna ideal pero para la iglesia son un cero a la izquierda. Conozco jóvenes inteligentes que están atascados en tonterías pasajeras y adultos que teniendo todo para hacer una diferencia en la vida de sus comunidades han dejado que el temor, el conformismo y la falta de amor se arraiguen a las paredes de sus corazones. Saúl es el tipo de líder que tiene con qué y empieza con trompetas y fanfarrias pero se queda a mitad de camino en ser lo que Dios anhela en su corazón. Alguien que al mirar el futuro veía triunfo y termina mirando al pasado viendo derrota.

Pero la vida de Saúl no se arruinó de la noche a la mañana. No se levantó un día y mientras tomaba café con leche sin azúcar decidió rebelarse con Dios, dejar de escuchar a Samuel y echar a perder su reinado. Su caída no se debió a una única y dramática falla de un momento. Fue gradual. Fue una suma de malas decisiones y reacciones equivocadas que en vez de ser confesadas y cortadas de raíz fueron amontonadas y anestesiadas en su conciencia.

TRAMPAS PELIGROSAS EN LAS QUE CAYÓ SAÚL

Saúl cayó en algunas trampas que debes evitar si sueñas con ser una persona exitosa con el aplauso del cielo. Aquí van siete trampas para esquivar:

Impaciencia

Saúl se preparaba para luchar contra los filisteos. La situación era tensa. "Saúl se había quedado en Gilgal, y todo el ejército que lo acompañaba temblaba de miedo. Allí estuvo esperando siete días, según el plazo indicado por Samuel, pero este no llegaba. Como los soldados comenzaban a desbandarse, Saúl ordenó: Traigan el holocausto y los sacrificios de comunión; y él mismo ofreció el holocausto" (1 Samuel 13:7-10).

Todos tenían lo pelos de punta y la ansiedad se respiraba en los rincones. Justo cuando Saúl quiere lanzar el ataque, el profeta Samuel no llega. Él era quien debía ofrecer el sacrificio previo a la batalla y el anciano se lo había dejado bien claro a Saúl. "¿Dónde se metió el viejo?", se preguntaban los soldados. "Quizás haya tenido un contratiempo", empezó a maquinar Saúl. Pensaron que la cosa no podía seguir así y Saúl decidió ofrecer el sacrificio. Samuel llega justo por detrás de la colina. Se agarra la cabeza y sin rodeos le dice claramente: "¡Eres un necio! No has cumplido el mandato que te dio el Señor tu Dios" (1 Samuel 13:13 NVI).

Podemos pensar que Saúl hizo lo correcto. Después de todo el pueblo tenía miedo, las filas se desbandaban y ya se sentía olor a filisteo. Era lógico adelantar las cosas. Sin embargo, el profeta había hablado de parte de Dios y no había algo más lógico que obedecer. La impaciencia de Saúl indicaba desconfianza y arrogancia. Desconfianza de que Dios sabía mejor que él lo que debía hacerse y arrogancia por olvidarse de quién tenía el verdadero control de la situación.

A muchos nos cuesta esperar. La impaciencia es parte de una cultura que nos grita que todo debe ser ya. En la historia de la iglesia hubo muchos líderes que sabiendo que era Dios quien los llamaba, por impacientes se olvidaron de dejarlo a cargo y entraron en una carrera de éxito y popularidad a cualquier precio como si su reputación dependiera de ellos mismos y no de Dios. Teodoro Roosevelt una vez dijo: "El noventa por ciento de la sabiduría es ser sabios con respecto al tiempo". ¿Quién sino Dios debe ser el que guía nuestros tiempos?

DESOBEDIENCIA

Esta vez Saúl estaba de batalla contra los amalecitas. Samuel le había dado la orden de parte de Dios para destruir por completo lo que encontrara a su paso, incluyendo el ganado y el mismo rey de Amalec. Así que Saúl y su ejército marcharon contra los amalecitas y "casi" los destruyeron. Acabaron con todo, excepto lo mejor del ganado, un poco de oro y otras cosas valiosas, y sin querer, se les escapó cortarle la cabeza al rey de Amalec.

Samuel no lo podía creer. Había sido claro. Sin embargo, Saúl interpretó la orden divina como se le dio la gana y le replicó que lo que se habían guardado era para ofrecerlo en sacrificio a Dios. Ahí Samuel hace una declaración que a mí todavía me retumba en los oídos:

¿Qué le agrada más al Señor, que le ofrezcan holocaustos y sacrificios, o que se obedezca lo que Él dice? El obedecer vale más que el sacrificio y la grasa de carneros. (1 Samuel 15:22 NVI)

Muchos nos llenamos la boca de canciones de alabanza y ponemos nuestra mejor cara de telenovela cuando cantamos, pero nos olvidamos de obedecer al Señor. Participamos en actividades y eventos con la excusa de servir al Señor pero nuestro corazón está contaminado de desobediencia en lo secreto. Dios nos ha ordenado destruir todo Amalec en nuestras vidas pero nos convencemos de que no es tan malo según nuestro propio discernimiento y por eso lo dejamos vivito y coleando. Lo de Saúl había sido "casi obediencia" y Samuel lo llama rebelión contra Dios. Hoy los sacrificios y holocaustos tienen varios otros nombres. A veces se presentan como templos lujosos que son "para Dios", cruzadas multitudinarias, programas de radio y televisión, libros, ofrendas sacrificadas, ayunos y vigilias. Son holocaustos que no tienen nada de malo en sí mismos a menos que no sean fruto de la obediencia. Cosas grandes y tremendas vienen para la iglesia del nuevo milenio, pero los protagonistas serán aquellos jóvenes que tengan una íntima obediencia a Jehová.

Autosuficiencia

La comunicación entre Saúl y Dios se estaba interrumpiendo. La mano de bendición del Espíritu Santo ya no descansaba sobre él. Los errores eran cada vez más frecuentes y ya Saúl entraba en la definición de pechuga: Pura carne.

Llegamos al capítulo 14 de 1 Samuel. Saúl estaba frustrado, cansado y ansioso y descarga su estado de ánimo de la siguiente manera: "¡Maldito el que coma algo antes de anochecer, antes de que pueda vengarme de mis enemigos! Así que aquel día ninguno de los soldados había probado bocado" (1 Samuel 14:24 NVI). Jonatán, el hijo de Saúl, no sabía nada del juramento y al pasar por un bosque donde había miel en abundancia se come hasta el panal. El efecto de la miel había sido instantáneo. Todos estaban muertos de hambre, así que pronto se dieron cuenta y uno de los soldados abrió su bocota. Termina la batalla y esa misma noche Saúl está dispuesto a ejecutar a su propio hijo por haber comido la miel. Su orden había sido arbitraria y necia. En ningún lugar dice que venía de Dios, sin embargo estaba dispuesto a castigar de muerte a quien fuera por hacerla cumplir. Es claro que Saúl ya se había olvidado que era Dios quien debía dirigir su vida. Los soldados de Israel le reclaman a Saúl por la vida de Jonatán y lo rescatan de las macabras intenciones de su padre. ¡Este era el ungido! Saúl, el favorecido por Dios y por el pueblo, que quiere matar a su propio hijo. He visto a tantos líderes que ponen en sus seguidores cargas que Dios jamás pondría. Es el pecado de autosuficiencia el que crea líderes opresores y dictadores. La iglesia del siglo pasado ha estado llena de tantos líderes que por mantener el "control" sobre sus congregaciones han oprimido, asustado y amenazado a las ovejas de sus iglesias, por ejemplo inventando maldiciones. Se han olvidado que el "control" tiene que estar en manos de Dios. Es la autosuficiencia la que ha llevado a tantos a multiplicar rigor en vez de amor y temor en vez de gracia. Cuando caemos en la trampa de ser nosotros los que estamos a cargo, hacemos todo humanamente y en la carne, y por eso tratamos de manipular a las personas y terminamos siendo infelices.

Vanidad

Saúl termina de hacer un lío ante Dios y sin embargo decide hacerse un monumento (1 Samuel 15:12). Todo sucede luego del incidente con los amalecitas. Él no había destruido todo lo que debía y Samuel estaba enojado en nombre del Señor. Sin embargo, me imagino al pueblo. El ejército se había quedado con ovejas y vacas, y las señoras habían recibido un *souvenir* que sus esposos guerreros les habían traído. Seguro que estaban contentos. Después de todo, la orden la había recibido Saúl y no ellos, así que como ellos se habían beneficiado, Saúl era todo un fenómeno. Saúl va a Carmel y se levanta un monumento. Es evidente que eso es lo que quería y estaba buscando. Detrás de cada una de sus malas decisiones lo que tanto buscaba era el favor del pueblo y la popularidad. Por eso había ofrecido el sacrificio, por eso había mantenido el capricho de la comida hasta casi matar a su hijo y por eso había dejado que el ejército se apropiara de parte del botín. Tantas veces nos vemos tentados a tomar decisiones según lo que nos vaya a hacer más populares. Varias veces me pregunto: "¿Qué clase de monumento estoy levantando?" El único monumento que David tenía en mente era un templo donde guardar el arca de Dios. Era un monumento que levantaría a Dios. Saúl no. El suyo era para sí mismo. Estaba lleno de deseos egoístas y el material de construcción se llamaba vanidad.

No siempre la popularidad y la espiritualidad van de la mano. No siempre el aplauso del pueblo es el aplauso de Dios. En este caso, lo que a Dios desagradaba era lo que había hecho a Saúl construirse un monumento. La iglesia que viene debe resistir a la tentación de buscar al aplauso del pueblo por encima de dar la gloria a Dios. Y ¡atención! No estoy diciendo que nunca el aplauso del pueblo y la obediencia a Dios vayan de la mano. Luego de enfrentarse a Goliat, a David le cantaba todo Israel. Lo aclamaban en las plazas y las jóvenes suspiraban por él. La diferencia entre Saúl y David estaba en sus corazones. La vanidad es uno de los valores de nuestra era y toca a las puertas de nuestros corazones cada día, pero si quieres ser del equipo de campeones de Dios debes esquivar esta trampa.

Conformismo

Escucho a muchos líderes que hoy están hablando en contra del conformismo y me alegra. Sin embargo noto que muchos de mis hermanos que están hablando en contra de la mediocridad y de que hay que soñar grandes sueños y buscar la excelencia para Dios, no sacan sus narices de la vida cristiana que se encerró en los templos y no tienen ningún tipo de testimonio que avale lo que están diciendo. Algunos parece que relacionan la excelencia del cristiano solo a cosas que tienen que ver con la vida arriba de un púlpito. Lo que la iglesia necesita es cristianos excelentes en los negocios, excelentes en los estudios y excelentes en sus profesiones. Hace poco me crucé en un campamento juvenil con un joven predicador con el que íbamos a compartir los mensajes. Este joven tenía una capacidad admirable para la comunicación, había nacido dentro de la iglesia así que podía repetir un sinnúmero de versículos bíblicos y también tenía muy buena presencia. Sin duda alguna, este joven amaba a Dios y todos los atributos lo capacitaban para ser un predicador muy efectivo. De hecho, sus mensajes en el campamento fueron sensacionales, pero una noche nos pusimos a hablar. Había dejado el seminario en el primer año porque al ser tan bueno lo invitaban de acá y de allá a predicar. En todos lados predicaba lo mismo así que no tenía necesidad de preparar más mensajes, Al menos así me explicaba. Le pregunté cuál era el libro que más le había impactado en el último año. Me respondió que no le gustaba leer y dudó mucho hasta que por fin pudo decirme el título de algún libro. ¿Qué crees que está haciendo este joven brillante? Se está conformando. Está aceptando un atajo. La vía fácil y corta. Se está quedando cómodo en lo que ya tiene. Así estaba Saúl y así se equivocan muchos que empiezan bien pero terminan mal. Personas que creen que ya llegaron y saben todo porque ya tienen un título dentro de la iglesia o tienen gracia en un púlpito o un teclado. Siempre necesitamos saber más. Necesitamos más a Dios. Muchos se han conformado en su vida espiritual. Para la mayoría de los adultos de nuestras iglesias las experiencias espirituales más intensas quedaron veinte años atrás. Ahora solo es vivir de lo pasado. No hay nada fresco. David buscaba más de Dios. No había límites porque Dios no tiene límites. Pablo nos recomendaba no conformarnos (Romanos 12:2). Es que hacerlo es una trampa. Debemos extender los límites de nuestra experiencia, conocimiento y crecimiento. Establécete metas. ¿Qué otros libros vas a leer este año? ¿Qué nuevo ministerio vas a conocer? ¿Cuánto más vas a orar? ¿A cuántos más les vas a hablar de tu relación con Jesús? ¿A cuántos cursos vas a asistir? Si crees que ya te las sabes todas estás en un serio problema y nos afecta a todos porque somos parte del mismo equipo: la nueva generación de la iglesia de Cristo. NO podemos conformarnos como lo hizo Saúl.

Envidia

Cuando una pequeña semilla de envidia se siembra en un corazón, al día siguiente puede haber una enorme planta venenosa.

El señor Escobar y el señor García compartían la habitación de hospital donde estaban internados. El cuarto tenía dos camas, un baño, una puerta y una ventana. El señor Escobar debía sentarse en la cama por las tardes para que el fluido que se acumulaba en sus pulmones bajara. El señor García estaba casi inmóvil. No había mucho que hacer. Hablaban de sus esposas, sus hijos y sus casas. También hablaban de la guerrilla y sus trabajos, pero lo más especial era el tiempo por la tarde en que el señor Escobar le relataba al señor García todo lo que veía por la ventana. Allí estaba el parque con el lago que se ponía muy hermoso en las tardes. Se llenaban de enamorados las bancas alrededor de las estatuas, los chicos corrían atrás de una pelota, había abuelas con sus nietos y aquel vendedor de flores que desparramaba simpatía a todo el que se le acercaba. El señor García sentía que revivía mientras Escobar le describía todo lo que veía. Una tarde había un desfile pasando y una pregunta entró en la mente de García: ¿Por qué tenía que ser Escobar el que estuviera del lado de la ventana y no él? Desde que esa pregunta entró en su alma, cada tarde empezó a disfrutar un poquito menos de las descripciones de Escobar. Pronto dejó de imaginar y luego de escuchar. Con el paso de las tardes se fue poniendo más y más grave. Perdió el apetito y empezó a dormir peor. Ocurrió lo inesperado. Una noche en que García estaba despierto mirando el oscuro techo, el señor Escobar se despertó haciendo un ruido extraño, sudando y tosiendo. Se notaba que el fluido que le era administrado se le estaba atascando. La tos quebraba el silencio en la oscuridad. Cada vez más roncos, cada vez más desesperados.

Se oyó su tos por última vez. Una especie de grito y el señor Escobar dejó de respirar.

Al llegar la mañana la enfermera encontró a Escobar muerto. Su cuerpo fue sacado y la cama quedó vacía. García luchaba por no alegrarse, pero no podía luchar con la ansiedad de pedir que lo cambiaran de cama. Llegado el momento que creyó justo, lo hizo y los médicos aceptaron. Al minuto que fue dejado en la cama donde estaba Escobar, intentó con dolor apoyarse sobre su brazo dolorido para espiar por la ventana.

No lo pudo creer. La ventana daba contra una pared blanca...

Escobar había hecho todo para alegrar la vida de su compañero, sin embargo la envidia se había vuelto pasajera predilecta de García. Igual pasó con Saúl. David venía al castillo a cantarle para alegrarlo. Cuando David lo hacía, el rey revivía y se serenaba. Los salmos de David eran como pasear por el parque del lago, pero Saúl dejó a la envidia posarse en su alma. La canción retumbaba en sus oídos "Saúl hirió a sus miles, David a sus diez miles" (1 Samuel 18:7). No podía soportar el éxito de otro y por eso decidió que debía destruirlo. Primera de Samuel 18 registra que unos cuantos días tras la victoria sobre Goliat, Saúl le estaba tirando lanzas a David. Es que la envidia es ciega. Es un cáncer y todos debemos luchar contra ella. Nos ataca cuando otra persona tiene o logra lo que nosotros queremos. Te ataca cuando otra joven es más atractiva que tú. Te ataca cuando otro joven se destaca en más cosas que tú. Me ataca cuando otro líder consigue lo que a mí me gustaría conseguir. Debemos cortarle la lengua. Removerla de nuestras mentes rindiendo todo sentimiento negativo al señorío del Espíritu Santo.

Deslealtad

Saúl estaba amargado. Las cosas no estaban saliendo como él había esperado desde joven y su corazón estaba entenebrecido de venganzas. Ante sus errores, se había justificado y echado culpas lo cual le había llevado a más derrota y sentimiento de culpa. En estas circunstancias aparece la deslealtad. La deslealtad es una traición a la persona que debemos amar. Saúl fue desleal con Jonatán y con David. A ambos les debía lealtad. Uno era su hijo, el otro su músico y el guerrero que había salvado a su pueblo de Goliat. ¿Cuántas veces Jonatán y David pelearon por él? Sin embargo, él amenazó la vida de ambos. Es que Saúl había dejado pasar la idea de que todo era válido para seguir siendo el número uno a los ojos de la gente. Uno de los regalos más hermosos que Dios me dio es tener amigos leales. Tengo amigos que han sabido defenderme ante acusaciones injustas y justas. Digo defenderme ante las justas porque han sabido enfrentarme y cuestionarme acerca de las cosas en las que tienen dudas con respecto a mis intenciones y razones, y esa es la mejor defensa: venir directo a mí.

La lealtad es vital para nuestro crecimiento como individuos y como iglesia. Sin lealtad no hay confesión. Sin lealtad hay sospechas y chismes. La deslealtad es pecado porque no tiene nada que ver con la fidelidad. Muchas relaciones y proyectos han fracasado por haber dejado entrar la deslealtad. La deslealtad es muy peligrosa porque, sin que la notemos, se infiltra con una frase, un chisme, una opinión dada ante la persona equivocada. La amistad es un tesoro valioso que requiere dos guardianes. La lealtad es el decorado de la verdadera amistad y tiene que ver con el dominio propio, ese que muestra que el evangelio es poder y el Espíritu está en nosotros. Muchos jóvenes talentosos han fracasado porque no saben trabajar en equipo. Muchos adultos se han quedado en la mediocridad por no ayudar a otros a cumplir sus sueños y muchas personas viven amargadas porque no han sabido formar amistades estables. Michael Jordan solía decir que el talento gana partidos, pero solo un buen equipo gana campeonatos.

Terminar bien

Empezar bien no es garantía de terminar bien. Esta es la lección más clara que nos deja Saúl. Él había sido el candidato perfecto para un pueblo que quería un líder visible, pero no llegó a todo lo pudiera haber alcanzado por caer en estas trampas que no son otra cosa que pecados.

Sean cuales sean las condiciones que Dios te regaló al nacer, debes saber que para alcanzar la victoria hace falta esforzarse. Sean cuales sean tus talentos, si quieres sobresalir y brillar para Dios, debes dar todo de ti para lograrlo.

Tu generación está decidiendo ya el futuro así como hoy mismo estás decidiendo tu mañana. No sé cómo hacerte lo suficientemente evidente que tus decisiones afectan no solo tu futuro sino el de tu futura familia y el de la iglesia. Con Saúl murieron sus hijos y si seguimos leyendo en el segundo libro de Samuel, la derrota final de Saúl significó una gran pérdida de territorio para el pueblo de Dios.

Guilboa, el lugar dónde Saúl murió, no era un lugar de derrota. Los estudiosos bíblicos creen que ese monte fue el escenario de la batalla en la que los trescientos de Gedeón propinaron una paliza a los madianitas (Jueces 7). El contraste es fuerte. Gedeón, con casi nada humano a su favor, triunfa. Saúl con casi todo el potencial humano, fracasa. No es el escenario lo que determina el resultado. Es la fe, la santidad y la extrema confianza en Dios lo que hace la diferencia.

Hoy se levanta una nueva iglesia en toda Hispanoamérica, pero tú y yo debemos preguntarnos: ¿En qué armas van a apoyarse nuestras fuerzas? Toma un tiempo de oración, medita en las siete trampas y traza un plan para esquivarlas. Dios está de tu lado.

Cómo tomar buenas decisiones 5

COALO ZAMORANO

Este año estoy por cumplir 31 años y me es casi imposible pensar que tengo esa edad. En mi vida siempre he estado rodeado de personas jóvenes y por eso mismo, aunque ya llegué a una edad más "madura", ¡por dentro sigo siendo un jovencito!

En los últimos años he tenido el privilegio de estar en lugares con muchos jóvenes y adolescentes. Algo que ha sobresalido en esta experiencia es la frecuencia con que se enfrentan a decisiones que unos años antes jamás hubieran pensado que tendrían que tomar, y es a esta realidad que quiero enfocar estas líneas. Quiero animarte a que tomes buenas decisiones, que seas una persona que no solo decide hacer cosas conforme a lo que siente o ve, o piensa que es lo que "debería" hacer, sino porque sabe que es lo que Dios tiene para su vida.

Cada decisión que tomes te llevará a un resultado. Si tomas una buena decisión, tendrás un buen resultado. Como dice la Biblia: "Todo lo que sembrares, cosecharás" (Gálatas 6:7). Yo lo veo de esta manera: Hay dos caminos. Uno de estos caminos es una supercarretera con cuatro carriles y no tienes que preocuparte por el estado en que se encuentra este camino, pues no hay manera de que encuentres animales y demás cosas que te puedan dañar fatalmente, y por último, te lleva a tu destino de la manera más segura y eficaz. El otro camino es uno lleno de curvas, hoyos, peligros, que no es muy seguro. Este me recuerda a una carretera que hay entre Durango, Durango, y Mazatlán, Sinaloa. La distancia entre estas dos ciudades es de solo 300 km., como 160 millas aproximadamente, es decir, solo tomaría como 2 horas y pico en llegar de un lugar al otro, si no contamos con que entre estas dos ciudades hay una hermosa sierra, llena de árboles y paisajes preciosos, ¡pero también una carretera llena de curvas! Debido a la condición de la carretera, desde el momento en que sales de la ciudad de Durango hasta llegar al gran puerto de Mazatlán, transcurren fácilmente unas cinco horas y quizás un poco más. Puede ser una experiencia inolvidable por los paisajes o también puede ser una de las experiencias más inolvidables, ¡pero por las veces que tuviste que parar para el estómago se acomodara! Quiero añadir que hay temporadas en que los ladrones no dan abasto con los asaltos. Sean camiones, carros o lo que sea, ellos ponen cosas en el camino para detenerlos, y el problema es que de un lado está la montaña, y del otro lado un precipicio, entonces es parar o parar.

Mientras escribo esto hay personas trabajando en una nueva carretera de Durango a Mazatlán que va a tener como veinte puentes, túneles, señales, etc. La idea es que ahora puedas viajar de un lugar al otro en unas dos horas, ¡qué asombroso! Esto significa que puedes ahora escoger por dónde te quieres ir, si quieres llegar en dos horas lo podrás hacer y aunque va a costar un poco en peajes, creo que valdrá la pena, o a lo mejor te gusta la tortura china o hacerla de Superhéroe, esa va ser tu decisión. De la misma manera tú puedes decidir cosas en tu vida que te harán llegar a tu destino de una manera segura y eficaz, y también puedes tomar ciertas decisiones que quizás al final del día te hagan llegar a tu destino, ¡pero la travesía será una que no le desearás a nadie! Espero que al terminar de leer esto puedas reflexionar bien qué decisión tomar antes de actuar.

Hay tres decisiones que en mi opinión muy personal creo que son de las más importantes que tendrás que hacer en tu vida: 1) ¿Qué vas a hacer con tu vida? 2) ¿Con quién te vas a casar? y 3) ¿A quién vas a servir?

¿Qué vas a hacer con tu vida?

Todos en algún momento de nuestra vida vamos a tener que tomar esta decisión. Desde que naces hasta que tienes la edad 14 o 15 años (en promedio), no hay preocupaciones económicas, no te tienes que morderte las uñas pensando si va a haber leche en el refrigerador, o si el recibo de electricidad llegó mas caro este mes, etc. Te voy a relatar una anécdota personal. Cuando era chiquito (parece cuento de hadas) le tenía mucho miedo a la oscuridad, no podía estar en un lugar solo y mucho menos oscuro, cada vez que entraba a un cuarto o a una casa tenía que prender las luces, y dondequiera que fuese caminando ¡tenía que haber luz! Imagínate entonces la casa después de yo haber entrado, parecía un árbol de navidad, con todos los focos prendidos por todos lados. En realidad nunca pasó por mi mente el hecho de que alguien tenía que pagar una factura por el servicio de electricidad. Bueno eso fue en el pasado, deberías verme ahora, las cosas son muy diferentes. ¡Ahora mi apodo es "el policía de la electricidad"! Ando detrás de todos viendo que no dejen luces prendidas si no es necesario, si algo está conectado y no se está utilizando lo desconecto. ¿Por qué cambiaron las cosas? Porque ahora yo tengo que pagar el servicio de electricidad cada mes, sin falta. Lo que estoy tratando de decir es que no toda tu vida podrás vivir sin tener que velar por cosas como esta, en algún momento de tu vida tendrás que hacer algo para suplir estas necesidades en tu vida.

Conozco varias personas que ya en la etapa media de su vida aún dependen en gran manera de sus padres, en todos los sentidos. Dependen de que la mamá les lave, les planche, les haga de comer, les limpie el cuarto, etc. No creo que habría problema si el "jovencito" tuviera unos ocho años, hasta veinte años todavía no se oye tan raro, ¡pero cuando tienes 35, 40 años! Ahí sí creo que ya no es lo más normal, y no estoy tratando de criticar a nadie, simplemente estoy tratando de ayudarte a apreciar el hecho de que no todo el tiempo alguien velará por ti.

Va a llegar el momento en tu vida en que estarás en una encrucijada, y más te valdrá saber para dónde vas y qué camino vas a tomar. Si tomas la decisión correcta tendrás una vida de éxito, de prosperidad y de seguridad. Aclaro que esto no significa que te vas a hacer millonario o que tendrás mansiones, o que serás el dueño de los *Lakers*... Si esto sucede, qué bueno, pero en realidad el mayor éxito que puedes tener es saber que estás haciendo la voluntad de Dios en tu vida. No importa si estás en el lugar mas recóndito del mundo, si ahí es donde Dios quiere que estés, entonces serás la persona más feliz del mundo y tu éxito será increíble, ¡porque estarás exactamente donde Dios quiere que estés!

Quizá lleguen oportunidades buenas a tu vida, buenas ofertas de trabajo, situaciones donde podrías decir que llevas todas las de ganar. Quiero darte un ejemplo que pienso ayudará a entender este punto.

Hace unos trece años estaba terminando mi escuela preparatoria. Al mismo tiempo estudiaba por las tardes una carrera corta de programación de computadoras, te estoy hablando de los días en que se programaba en lenguajes como *Basic* y *Dbase plus*, (los que entienden lo que digo se estarán riendo por lo obsoleto que eso significa ahora), que se consideraban lo máximo. Por alguna razón se me hizo muy fácil todo esto de las computadoras. Mi maestra de esta clase estaba terminando su carrera profesional del Tecnológico de Durango como licenciada en informática. Ahora bien, para que me entiendas mejor, en esos días tener un título así significaba un buen trabajo por la escasez de personas con una buena preparación en esta área. Recuerdo que cierto día ya a punto de terminar este pequeño curso, mi maestra se acercó y me dijo que si yo estudiara la carrera profesional en el Tecnológico lograría terminar con excelentes calificaciones ya que ella sabía que me resultaba fácil entender esta materia. Por otro lado, en esos mismos días yo visitaba la oficina de *CanZion* unos dos o tres días a la semana, me gustaba ir para ayudar en lo que fuera, desde ingresar información a la computadora hasta hacer un paquete de casetes y mandarlo. Me la pasaba muy bien con Marcos y Huizar. Uno de esos días mientras estaba terminando mis estudios y terminando mi curso de computación me ofrecieron un trabajo más formal en *CanZion*. En realidad me emocioné bastante, pues como mencioné antes me gustaba mucho estar ahí, sin embargo, llegué a un punto en mi vida en que tendría que decidir qué hacer. Por un lado tenía la esperanza de poder hacer una carrera profesional en el área de computadoras, donde podría conseguir un buen trabajo, un buen sueldo, tener mucho dinero y comer todos los días en restaurantes finos (digo lo último porque desde que era chico siempre dije que yo trabajaría para poder ir a comer a los restaurantes elegantes todos los días, los pensamientos de un niño de seis o siete años). Por otro lado, tenía una propuesta de trabajar en *CanZion* con un pago mínimo, trabajando en la bodega, mandando casetes, ingresando direcciones a la computadora, en otras palabras, hacer todo lo que se necesitara. Tengo que aclarar que no podría hacer las dos cosas, si decidía estudiar solo podría dedicarme a la carrera de computadoras. La cuestión era estudiar o trabajar. De verdad me sentí en una verdadera encrucijada, y un punto muy importante es que en ese tiempo mi papá no era cristiano y él siempre deseó que nos preparáramos lo mejor que pudiéramos para salir adelante. Justo en esos días sabía que tendría que pedir el permiso de mi papá para trabajar en *CanZion*. En realidad, yo estaba bien emocionado de ser parte de este pequeño proyecto, pero sabía que tarde o temprano tendría que llevar esto a mi papá y que en realidad ya había decidido hacer lo que él deseara para mí. Recuerdo que cierto día íbamos en el carro camino a casa y comencé a decirle lo que había en mi corazón. La reacción que esperaba era algo dura hasta cierto punto. Como él no conocía al Señor todavía, no podría esperar que entendiera ciertas frases como "el Señor me está llamando", o "siento que esto es lo que

71

Dios quiere para mí". Más que nada era el simple hecho de que dejaría todos mis estudios para dedicarme a un trabajo humilde, sin muchas promesas. Cuando terminé de decirle todo, solo cerré mis ojos y esperé que me contestara de una manera fuerte y me reprendiera, ¿pero sabes cuál fue su respuesta? Me dijo: "Te voy a respaldar en lo que tú quieras hacer, tienes todo mi apoyo". ¡Para mí esa fue una respuesta directa del cielo! A partir de entonces comencé a colaborar en *CanZion* y el día de hoy me encuentro viviendo en la ciudad de Houston, Texas, al frente del departamento de producción y digo esto en la manera más humilde que se pueda, lo que quiero enfatizar es que cuando tomas buenas decisiones, cosecharás buenos resultados y Dios te llevará a lugares que nunca imaginaste que podrías estar. No soy millonario y no soy dueño de los *Lakers*, aunque me gustaría por lo menos verlos jugar en persona, pero Dios ha suplido nuestras necesidades, nos ha bendecido, tenemos paz, y sobre todas las cosas, estamos contentos por estar donde Dios quiere que estemos.

¿Con quién te vas a casar?

Esta decisión será clave para el éxito en tu vida.

Es impresionante cómo hoy día es tan fácil comenzar una relación amorosa con otra persona. Ya pasaron los días en que se cortejaba, se pedía permiso al padre de la muchacha, se cenaba con la familia del novio, etc. Eso se oye como una historia del siglo pasado, literalmente. Por televisión y en Internet se venden relaciones al instante, con programas donde conoces a la otra persona en un día y al terminar ese día ya tienen que haber decidido si seguirán con dicha relación. Lo hacen ver como algo muy ligero, algo sin tanto valor, como probarte una prenda de ropa, si te gusta la compras, si no te gusta, la regresas.

Desgraciadamente en las mentes de muchos jóvenes cristianos no se trata este asunto con la seriedad debida. Es alarmante ver la cantidad de mamás solteras en las iglesias, los divorcios y tantos problemas entre parejas. No quiero crear una atmósfera de miedo ni tampoco usar el temor para hacerte reaccionar, solamente creo que es importante ver el plano verdadero en donde nos encontramos hoy día. Por otro lado, hay también muchos matrimonios exitosos, llenos de logros y de bendiciones. Siempre van a existir los dos lados de una moneda.

Quiero entrar más de lleno al tema respecto a esta decisión tan importante. Algo que creo que siempre debes cuidar es lo que tus padres piensan de la otra persona. Esto aplica si tu relación con ellos es buena, de confianza y transparencia. Ellos sabes muy bien qué es lo que más te conviene, cuáles son tus debilidades y tus fortalezas. Hoy día los jóvenes no están tomando en cuenta la opinión de sus padres y esto afecta en gran manera las relaciones que se están dando entre parejas. Yo recuerdo cuando mis padres me decían que la persona para mí iba a ser Lorena Warren, ¡y yo les decía que estaban locos! Bueno, por lo menos lo pensaba, y no es que no me interesara ella, simplemente me molestaba que ellos estuvieran involucrados en decidir quién debería ser mi esposa. Algunos años después, estábamos en la iglesia Betel Sur, yo al pie del altar, con mi traje, ¡y Lorena Warren caminando por el pasillo de la iglesia! Te quiero decir algo, jamás en toda mi vida me arrepentiré de haber tomado esta decisión, realmente ella es mi ayuda idónea, mi mejor amiga, y como dice el anuncio de *Duvalín* (un dulce mexicano) "no la cambio por nada". Ahora quiero que leas esta historia.

Cierto jovencito de dieciséis años conoció en una reunión de jóvenes a una niña de catorce años. Se vieron, mariposas volaron, apareció un arco iris y se escuchó una melodía de amor, en otras palabras se gustaron. Al poco tiempo ya estaban de novios, obviamente los padres de estos pequeñuelos no estaban de acuerdo en que sus hijos estuvieran envueltos en una relación así pues estaban muy chicos, aún no sabían arreglar su cama bien pero según ellos ya conocían el amor. Su noviazgo duró más o menos siete años, y durante todo este tiempo tuvieron problema tras problema, entre ellos, con sus padres, sus líderes en la iglesia, era una rebeldía total. Para no hacer la historia tan larga, se casaron y parecía la pareja más feliz del mundo. Él casi no dejaba que ella tocara el piso y siempre la consentía, al poco tiempo ella estaba embarazada y nueve meses más tarde les nació un niño hermoso. Era algo fuera de serie, hasta el día en que todo salió a la luz. De un día para otro él dejó de servir a Dios, todos los detalles amorosos se acabaron, y aquella familia que parecía la más feliz del mundo ahora se encontraba en uno de los lugares más oscuros y llenos de dolor. Pasaron algunos años en que no existió realmente el vínculo familiar, cuando él quería llegar a la casa llegaba y cuando simplemente no se le daba la gana pues no lo hacía, envuelto en el alcohol, las mujeres y tantas cosas más, parecía que a este matrimonio no le quedaba ni una gota de esperanza. Gracias a Dios la esposa siempre creyó que Dios podía hacer un milagro y nunca dejó de orar por su matrimonio, una decisión muy buena por cierto, y tuvieron que transcurrir como cinco años antes de poder ver el milagro que Dios les tenía preparado. Yo no puedo pensar por un momento que ellos hubieran querido pasar por este infierno en la tierra, ¡claro que no! Sin embargo, hubo decisiones que ellos tomaron que les llevaron más tarde a experimentar resultados que en realidad no le deseo ni a mi peor enemigo (si bien creo que no tengo uno). Hoy día ellos tienen tres hijos, un varón y dos niñas. La situación es otra, son una familia más estable, siguen lidiando con algunas cosas pero no es lo mismo que hace cinco o seis años.

La mujer o el hombre con quien vayas a pasar el resto de tus días tiene que ser la persona que te complete y que te añada, no que te reste o que te aleje del propósito que Dios tiene planeado para tu vida. Si tomas la decisión correcta podrás salir adelante como pareja. Sí habrá problemas y ajustes que hacer, pero al tú poner primero la voluntad de Dios en sus vidas podrás saber que juntos llevarán a cabo los planes y metas que Dios les dé.

En verdad te animo y te reto a que trates con toda la seriedad posible este asunto, y cuando llegue el tiempo de casarte y de formar una familia, no hagas lo que otros han hecho, no lo veas como un juego o algo que no merece importancia. Al contrario, tómate el tiempo necesario para orar, pensar, y después toma la decisión, no tomes una decisión para después estar pensando: "¿Sería esta la persona? ¿De verdad debí haberme casado con él o ella?" Así es como podrás cumplir con todos los sueños que Dios tiene para ti.

¿A QUIÉN VAS A SERVIR?

Pareciera que este tema no se aplica a personas que ya conocemos a Dios, sin embargo, quisiera que leyeras las siguientes líneas.

Hay muchos que decidieron darle su vida a Él pero en realidad no le han servido.

Me ha tocado estar en servicios, reuniones, o como quieras llamarlo, donde ves a la gente levantando sus manos, cantando los cantos, dando la ofrenda y hasta el diezmo, y algunos hasta oran por la gente, etc. No obstante, al salir de la reunión, y lo digo con tristeza, sus vidas no son lo que parecía que eran dentro de la iglesia. Hay una gran diferencia entre haber dado tu vida Dios y servirle por el resto de tu vida. Otros han sido cristianos por generaciones, desde el tata tatarabuelo hasta la última generación, en otras palabras "automáticamente y por default" han llegado a la iglesia, y eso está bien, qué bueno que hay personas que tienen ese privilegio. El punto que quiero mostrar aquí es que no importa cuál sea tu trasfondo o cuántos años tengas de ser cristiano, eso no hace la diferencia, la diferencia va a ser servirle día a día, agradándole en todo lo que haces, viviendo cien por ciento para Él, y esa decisión es de nadie más sino tuya. Tus padres pueden ser los mejores cristianos y tu iglesia puede ser la más grande de la ciudad, pero si tú no decides servirle entonces lo demás no vale nada.

Hay unos versículos en la Biblia que quisiera que viéramos juntos, se trata del libro de Job capítulo 11 versículos 13 al 19 (NVI).

El primer versículo dice: "Pero si le entregas a él tu corazón y hacia él extiendes tus manos". Si te das cuenta la persona que tiene que accionar eres tú, somos nosotros. Nadie más va a llevar a cabo la acción de entregarle a Jesús el corazón, nadie más va a extender las manos por ti, si en ti está el deseo de verdaderamente servirle entonces tienes que decidir hacerlo, no solo desearlo. Otra cosa que nos permite saber si en verdad estamos queriendo servir a Dios es el hecho de dejar atrás lo que estamos haciendo, me refiero al pecado, aquellas cosas que no nos dejan avanzar. Muchas veces decimos que queremos "echarle ganas" pero necesitamos hacer más que solo decir, esto me recuerda una canción que se escuchó mucho hace más de diez años, una parte de esta canción dice: "No basta solo con cantar, no basta solo con decir, no es suficiente solo con querer hacer, es necesario morir". En cuántas ocasiones nos hemos encontrado en el mismo lugar, diciendo y queriendo hacer, pero lo que nos va a ayudar a salir adelante es decidir hacer lo que estamos diciendo. El siguiente versículo dice: "Si te apartas del pecado que has cometido y en tu morada no das cabida al mal". Dice un dicho que la vida está llena de buenas intenciones y no dudo que en muchos de nosotros existe un deseo de servir a Dios porque le amamos y queremos agradarle, pero como decía la canción, "no basta solo con decir". Tenemos que accionar, tienes que decidir no dar lugar al pecado, tienes que decidir apartarte de cosas que sabes te están haciendo daño. Es tu decisión si es que verdaderamente tienes el deseo de servir a Jesús. Lo que sigue es la recompensa de decidir extender nuestras manos a Él, de entregarle nuestro corazón, de decidir vivir una vida sin darle lugar al pecado y las cosas que nos hacen tanto daño. Los versículos 15 al 19 hablan de los resultados que tenemos al decidir hacer todo lo anterior: Poder llevar nuestras frentes en alto sin tener vergüenza de lo que la gente piense, porque somos lavados y perdonados con la sangre de Jesús. Olvidar todos nuestros pesares y solo recordarlos como aguas que pasaron, pienso que esto significa que solo los recordarás para poder dar testimonio de lo que Dios hizo en tu vida y poder animar a otros a creer que Dios sí puede cambiar las circunstancias, ¡si decidimos servirle con todo nuestro ser!

Lo que sigue dice que tu vida será más radiante que el sol de mediodía y aunque fuere de noche será como la mañana. Es decir, que así estuvieres pasando por un lugar oscuro, turbio y lleno de dificultades, puedes tener esperanza que viene la luz de día. Muchas veces creemos que porque servimos a Dios ya no vamos a tener problemas o que no nos van a afectar los problemas. Sin embargo, la realidad es que sí nos afectan, la diferencia entre una persona que sirve a Dios y una que no sirve a Dios es cómo manejan el problema. Los que no conocen a Dios recurren a muchas cosas como suicidio, drogas, prostitución, etc. Buscan un refugio irreal y no tienen esperanza, pero nosotros que servimos y amamos a Dios tenemos una esperanza viva, promesas que nos afirman y nos animan a seguir, por eso este versículo en particular me anima bastante al saber que no importa dónde yo esté ni qué tan oscuro pueda estar el momento, ¡yo sé que la luz del día viene!

Vivirás tranquilo porque hay esperanza, estarás protegido y dormirás confiado. Te puedes imaginar al narcotraficante, al ratero, al que abusa de personas, al adúltero. No hay manera de que sus vidas estén tranquilas, o que puedan dormir tranquilos, ¡claro que no! En cambio, cuando tú sirves a Dios puedes estar tranquilo y seguro de que ¡Él es tu escudo, tu torre fuerte, tu pronto auxilio, tu libertador, tu paz, tu sanador, tu proveedor! La mejor medicina para los nervios es la confianza en Dios, el poder descansar en Él y saber que somos la niña de sus ojos, que si Él cuida de las aves también va a cuidar de nosotros.

Descansarás sin temer a nadie y muchos querrán ganarse tu favor; definitivamente esto es como la crema en el pastel, después de todas las cosas buenas que podemos experimentar cuando decidimos servir a Dios y todavía pensar que podremos descansar sin temer a nadie, saber que Él nos rodea, que muchos querrán ganarse nuestro favor, es algo maravilloso. La Biblia no se equivoca y es lámpara a nuestros pies y lumbrera a nuestro camino, seamos pues hacedores de su Palabra.

Quiero animarte a que tomes buenas decisiones, que puedas poner en la balanza los dos lados y que en estos puntos que hemos tocado puedas en verdad considerar ir por el camino pavimentado, por la súper carretera. No te vayas por las curvas porque te vas a marear, pero sobre todo te vas a tardar, y quizás ni llegues. En cambio, por el otro camino puedes tener la seguridad de que estás bien protegido y seguro de que llegarás a tu destino en Cristo y así poder cumplir los sueños que Dios tiene para ti.

El puente de la transición

6

DANILO MONTERO

Mi adolescencia me confrontó con algunas necesidades importantes en mi vida, entre ellas la de un cambio. Anhelaba crecer espiritualmente, pero nunca imaginé que para lograrlo caería en un gran error. La vida cristiana llegó a significar tanto para mí que me involucré prácticamente un cien por ciento en el servicio, y me convertí en una persona muy comprometida con el Señor y con la iglesia. En pocos años llegué a ser uno de los líderes principales de mi congregación y co–pastor en una iglesia de aproximadamente mil personas.

Había decidido ser ejemplo para los demás jóvenes de la iglesia, y con mucho esfuerzo logré un testimonio impecable entre mis amigos de la escuela. Era un buen muchacho, estudioso de la Biblia, un hombre de oración y de ayuno, de una increíble disciplina. Pero lo triste del caso es que "me lo llegué a creer".

Quería crecer espiritualmente y estaba dispuesto a hacer lo necesario para lograrlo. ¿Debía orar tres horas? Lo hacía. ¿Necesitaba ayunar? También lo hacía. Largas horas de lectura bíblica. Pretendí alcanzar el cambio que necesitaba para mi vida a través de la religiosidad. Lo intenté todo, sin embargo, nada fue suficiente. En mi interior continuaba sintiendo insatisfacción.

Con el tiempo, el estrés del trabajo y la responsabilidad me sobrecargaron a tal punto que abandoné la iglesia. Mis fuerzas humanas eran las que habían llevado adelante toda la carga ministerial. Así comenzó un proceso muy fuerte en mi vida. Pretendí quitar todas las máscaras que por años conservé, intentando a través de ellas aparentar lo que en verdad no era. Alejado del Señor nació en mí una tremenda actitud de rebeldía contra Dios y la iglesia.

En mis años de adolescencia me costó admitir que necesitaba un cambio trascendental, un encuentro personal conmigo mismo y con Dios. Brennan Manning, uno de mis escritores favoritos, afirma que "solo aquello que es confesado puede ser sanado". El problema del orgullo es que está tan arraigado en nosotros que muchas veces ni lo podemos ver. Contemplamos la necesidad de cambio y arrepentimiento en los demás, pero nunca en nosotros mismos. Así era yo.

La lucha por cambiar

Al leer la vida de Jacob descubrí la mía reflejada en su historia. Antes de nacer, Jacob peleaba con su hermano para ver quién saldría en primer lugar. El parto de esa pobre madre debió haber sido terrible. Ella no sabía si respirar o pujar, porque nada funcionaba. Jacob no quería ser el segundo sino el primero, y peleaba por alcanzar el lugar de privilegio. Desde antes de nacer buscó la transformación y quiso experimentar cambios. Así es el corazón del hombre. Anhela grandes cosas pero no sabe cómo conseguirlas, y por eso pelea.

El apóstol Santiago nos dice: "¿De dónde vienen las guerras y los pleitos entre vosotros? ¿No es de vuestras pasiones, las cuales combaten en vuestros miembros? Codiciáis, y no tenéis; matáis y ardéis de envidia, y no podéis alcanzar; combatís y lucháis, pero no tenéis lo que deseáis, porque no pedís. Pedís, y no recibís, porque pedís mal, para gastar en vuestros deleites" (4:1-3).

Todos deseamos cambios, anhelamos unción, dones, etc., pero elegimos la avenida equivocada para alcanzarlo. Tomamos el mismo camino de Jacob. Todos queremos la bendición del primogénito, y para conseguirla, simplemente suplantamos y hacemos lo que no nos corresponde hacer.

Luego de mucho pelear Jacob salió segundo, pero cuando fue más grande aprovechó un momento de debilidad de su hermano Esaú, y le compró la primogenitura por un plato de lentejas. De esa manera consiguió la bendición hebrea del primer hijo varón, el cual obtenía prerrogativas que los demás hijos no tenían.

Pero su búsqueda no se detuvo ahí. Cuando su padre estaba a punto de morir llamó a su hijo favorito y le dijo: "Pronto me voy a morir y necesito bendecirte antes, porque tú serás el próximo jefe de la tribu". Entonces lo mandó a cazar y Esaú accedió de buena gana. Pero Jacob creía que esa era la oportunidad justa para engañar a su padre.

Jacob nunca había tenido la bendición de su padre, ya que Esaú siempre fue el favorito. Le faltaba una conexión especial con su padre que anhelaba, y estuvo dispuesto a engañar para conseguirla, tal como ocurrió.

EL CAMINO DEL PERFECCIONISMO RELIGIOSO

Durante mis años de adolescencia busqué crecer espiritualmente, sinónimo de alcanzar esa bendición sobre mi vida que nunca tuve. Aquellos que conocen algo de mi niñez, pueden comprender que en ese sentido "soy un Jacob". Nunca tuve la bendición de mi padre terrenal, por lo menos la bendición que se expresa verbalmente, la que afirma la autoestima de un joven a través de las palabras y los abrazos. Tuve como padre a un buen hombre que comunicaba amor solamente cuando se encontraba bajo el efecto del alcohol. Descubrí en mi padre a un hombre al que no pude respetar, que me engañó y que abandonó la familia. En algún momento, simplemente lo dejé ir de mi vida.

Creí que la única forma de conseguir la bendición de mi Padre celestial, ya que no había conseguido la de mi padre terrenal, era siendo un cristiano ejemplar que se exigía al máximo, por mis propios esfuerzos. Muchos predicadores me dijeron: "No defraudes a Dios. Él espera mucho de ti. Él quiere usarte, pero tienes que demostrarle que eres digno de que Él te haya llamado". Así fue que comenzó mi carrera de "perfeccionismo religioso".

Con el correr de los meses descubrí que simplemente había estado perdiendo el tiempo. Jacob obtuvo la bendición de un padre, pero siguió siendo el mismo muchacho "suplantador". Desde ese momento Jacob comenzó una carrera de búsqueda insaciable. La bendición que él sabía que era tan importante no había traído alivio a su alma sino una tremenda persecución espiritual. Escapó durante muchos años de su familia. La bendición de su padre no fue suficiente para alcanzar la felicidad en su vida. La insatisfacción continuaba ahí. Huir no fue la solución, pero se transformó en la única opción.

Puente de transición

El punto de cambio de la historia ocurre cuando el Señor buscó a Jacob y le dijo: "Debes volver a la casa de tus padres". Estas palabras eran lo último que este hombre quería escuchar. Jacob no quería regresar a la casa del hermano, ya que corría peligro su vida. Sin embargo, para hacerlo debía tomar algunas decisiones en el puente de transición durante el camino de regreso.

El lugar de transformación espiritual empieza con el primer paso al transitar el puente de transición, a saber, "la confrontación". Dios llamó a Jacob y lo confrontó con sus temores. Volver a la casa de sus padres significaba regresar al lugar de sus fracasos, de todos sus errores. Si realmente quieres alcanzar el potencial de Dios para tu vida, tendrás que regresar al lugar donde comenzaron los problemas. Deberás arreglar lo que no quieres arreglar, tendrás que admitir lo que no quieres admitir. Necesitarás resolver los capítulos inconclusos de tu vida y cerrarlos. Eso fue lo que el Señor le dijo a Jacob.

Si anhelas cambios espirituales en tu vida, si quieres crecer espiritualmente, tendrás que hacer lo que Jacob hizo: Regresar a la casa de tus padres y resolver el embrollo y enredo familiar del que nunca saliste. Tienes que ofrecer perdón y perdonar. Tienes que restaurar el daño que hiciste y resolver relaciones. No hay otro camino. No hay otra forma.

Para obedecer al pedido de Dios, Jacob envió varios mensajes y regalos a su hermano Esaú para amigarse con él, previo a su arribo, porque temía que no lo hubiera perdonado. Luego mandó a sus hijos, a sus esposas y a sus siervos, ya que si Esaú los mataba a todos, todavía tendría tiempo de escapar.

Pero las Escrituras nos cuentan que Jacob se quedó solo y descubrió la riqueza de la soledad con Dios.

Si quieres cambiar o crecer espiritualmente necesitas dar el siguiente paso en el cruce del puente de transición, a saber, "la intimidad con Dios".

La mayoría de nosotros le huimos a la soledad porque tememos enfrentar a la persona que nos hace sentir más incómodos en el mundo: *nosotros mismos.* Esa imagen en el espejo es la de alguien a quien todavía no has aceptado. Esa persona a la que tienes que aprender a aceptar y amar como Dios la ama y acepta. En mis años de rebeldía, Dios me encerró literalmente en esa habitación para que aprendiera a descubrir la riqueza de la intimidad con Él. En la soledad descubrí a Dios.

Aquella noche el Señor se le presentó a Jacob y se pelearon por varias horas. La presencia de Dios en ese valle, en ese pequeño monte, en esa noche crucial en la vida de Jacob, nos revela que cada nuevo paso en tu vida espiritual requerirá un despertar al conocimiento de Dios en una dimensión que nunca antes habías visto.

Un encuentro con Dios, una experiencia personal con Él es lo único que puede cambiar a un ser humano en términos espirituales. Antes de que vayas a cualquier lugar necesitas encontrarte con Dios.

Luego de haber avanzado esos pasos en el cruce del puente de transición, algo le ocurrió a Jacob. Un ángel lo visitó y Jacob comprendió que necesitaba de la bendición celestial, no simplemente de la bendición terrenal. Entonces le pidió que lo bendijera, pero el ángel luchó con él intentando zafarse. El sol estaba saliendo y las instrucciones decían que él no podía estar allí cuando amaneciera.

Por primera vez Jacob tuvo las agallas de definir lo que realmente estaba buscando y le dijo: "No te dejaré ir hasta que me bendigas. Toda mi vida he peleado por las bendiciones y tú no serás la excepción". Luego de una lucha intensa, el ángel no quiso matarlo y lo tocó en cierta parte de su pierna de tal modo que Jacob cayó al suelo. Así nació "el quebrantamiento" en la vida de Jacob. El quebrantamiento es el paso siguiente en el camino del regreso a casa, el cual trajo humillación a la vida de Jacob.

Entonces el ángel lo miró y le preguntó: "¿Cómo te llamas?" Por medio de estas palabras, Dios le dio la oportunidad a Jacob de avanzar un paso más al participar de un sencillo principio que es "la confesión". Jacob reconoció quién era, *un engañador*, y de esa manera dio el paso de la confesión para alcanzar el cambio. Si no tienes la capacidad de confesar tus dificultades y tus luchas, no cambiarás. Uno de los grandes obstáculos al crecimiento espiritual de los cristianos es la falta de confesión. Cierta vez, un líder de jóvenes me dijo: "Suena muy bonito todo lo que dices, pero yo tengo una relación con Dios tan buena que siempre le he dicho: 'Señor, lo que tengas que tratar de mi vida, trátalo conmigo directamente, no quiero intermediarios'". Le felicité por su relación tan increíble con Dios. Sin embargo, detrás de esas palabras hallé escondida a una persona muy orgullosa, que no desea admitir sus necesidades y errores a los demás. Para poder cambiar es necesario confesar. Para alcanzar los cambios espirituales que deseaba, Dios tuvo que romper mi independencia espiritual, y es necesario que tú también lo hagas para poder salir adelante.

Luego de la confesión, el ángel cambió el nombre de Jacob por el de Israel y lo bendijo. Finalmente Jacob encontró su bendición. Desde ese día Jacob cojeó hasta el día de su muerte, pero esa fue la marca de la bendición de Dios sobre su vida.

Escuché a David Greco decir: "No hay gloria en nuestras heridas, sino en la marca que deja la sanidad de Dios en esas heridas". Eso es lo que Dios quiere hacer con nosotros. No hay gloria en nuestras heridas, sino en la marca que esas heridas dejan cuando son sanadas. La marca en la pierna de Jacob le recordaba que él era diferente, no por él mismo, sino por la bendición de Dios que reposaba sobre su vida.

¡Déjate marcar por Dios!

DEL OTRO LADO DEL PUENTE

Una tarde me reencontré con Dios. No fue dentro de la iglesia, donde acostumbraba orar, sino en la calle, peleando con Él y diciéndole: "No me busques, no pienses más en mí, déjame en paz". Escuché su voz, y aunque no fue audible, fue tan clara que no pude dudar que era Él quien hablaba a mi corazón: "Danilo, si nunca más vuelves a servirme, quiero que sepas que te seguiré amando igual, porque no te amo por lo que tú haces, sino por lo que tú eres". Fueron esas palabras de amor incondicional las que sanaron mi corazón.

Ese día vi como en una película delante de mis ojos, la descripción de todos esos sacrificios y búsquedas de adolescente. Esos largos ayunos y vigilias de oración. Esos llantos que tenía a solas con Dios cuando le decía: "Dios mío, ¡cámbiame!"

Vi pasar frente a mí toda mi vida y me di cuenta que era esclavo de ella. En la búsqueda de una conexión con mi papá terrenal quise comprar a Dios con religiosidad y perfeccionismo, y no lo logré. Cuando menos digno me consideré, cuando no tenía nada con qué pagarle a Dios sus bendiciones, cuando estaba en el piso, rebelde y enojado, Él vino y me abrazó. Entonces entendí quién soy. Soy su hijo amado, no por lo que yo haga o deje de hacer, simplemente porque Él me ama.

Finalmente encontré a mi Papá celestial. La carta a los Romanos dice: "Pues no habéis recibido el espíritu de esclavitud para estar otra vez en temor, sino que habéis recibido el espíritu de adopción, por el cual clamamos: ¡Abba, Padre!" (8:15).

No es fácil admitirlo, pero tal vez tú, querido lector, estás buscando esa conexión con Dios que nunca tuviste. Tal vez, como yo, alguna vez reclamaste: "¿Dónde está mi Dios? ¿Dónde está mi Padre?" La respuesta está del otro lado del puente. Para alcanzarlo debes transitar cada uno de los pasos y encrucijadas de la vida. Y te aseguro que del otro lado encontrarás a Aquel que te amó sin condición y que siempre te amará.

Cómo guiar a otros dentro de los propósitos de Dios

7

MIKE HERRON

La distancia más corta entre usted
y su destino es un MENTOR DEVOTO.
—Pastor DANNY BONILLA

Solo hay "uno como tú" en toda la creación. Entre los miles de millones de personas que viven, han vivido y vivirán, Dios te ha diseñado a ti para cumplir un propósito noble y único.

Reconocer al mentor o los mentores que Dios ha puesto en tu vida es la distancia más corta para cumplir con este llamado. Es muy importante distinguir las dos clases diferentes de mentores que el Señor tiene para nosotros.

La primera clase es muy obvia, es el mentor "cercano", quien es parte de nuestras vidas diariamente, ayudándonos a formar el carácter y los patrones de conducta que serán útiles para el cumplimiento del llamado del Señor. La segunda es menos obvia pero igual de necesaria, es el mentor "lejano", aquella persona que el Señor pone enfrente de nosotros en encuentros especiales y que son modelos de lo que somos llamados a ser y hacer. Recuerda que el ser guiado por un mentor no implica duplicar la vida de otra persona, pero tienes que saber que Dios usa vasijas probadas para mejorar el nuevo ministerio que Él está formando. ¡La persona guiada está destinada a realizar obras aún mayores que el mentor!

MENTORES LEJANOS

DAVID CONOCE A SAMUEL

Las vidas de Samuel y David ilustran este punto de manera muy vívida. Hubo dos encuentros que David sostuvo con Samuel que cambiaron su vida para siempre. El primero fue la experiencia del "mentor lejano" que encontramos en 1 Samuel 16:1-13. El Señor envió a Samuel a ungir a uno de los hijos de Isaí para que fuera el siguiente rey de Israel y después de pasar por alto a siete de ellos, David fue traído ante el hombre de Dios: "Samuel tomó el cuerno del aceite, y lo ungió en medio de sus hermanos; y desde aquel día en adelante el Espíritu de Jehová vino sobre David. Se levantó luego Samuel, y se volvió a Ramá".

Samuel fue el personaje religioso y político más grande de su época y el encuentro que David experimentó en ese momento cambió su vida para siempre. El Espíritu del Señor fue el que vino sobre David pero Samuel fue la vasija humana que Dios usó, por lo que David siempre tuvo parecido espiritual con su mentor. El manto profético, el corazón sin temor de un guerrero y una confianza inquebrantable en Dios fueron descargados dentro del corazón de este joven de la misma manera en que descargarías una computadora vieja en una nueva.

LOS MENTORES LEJANOS Y LA UNCIÓN ESPIRITUAL

¿Qué fue comunicado en ese encuentro de "un día"? ¿Alguna vez te has preguntado dónde recibió David su intenso deseo de orar y adorar? ¿Podría haber sido concebido acaso en forma de semilla en el corazón de Ana, la madre de Samuel, cuando ella intercedió intensamente ante Dios para que le diera un hijo y se regocijó con canto al nacimiento de ese hijo? "¡Mi corazón se regocija en el Señor! ¡Oh cómo me ha bendecido el Señor! (1 Samuel 2:1). Al orar Samuel por David ese día, la misma

93

atmósfera y unción que provocó su propio nacimiento y sustentó su vida fueron transmitidas a este joven pastor que ya estaba buscando a Dios en oración y adoración. Nota la similitud en sus vidas.

Tanto Samuel como David eran profetas. (1 Samuel 2:18-21)

Ambos poseían favor con Dios y con las personas. (1 Samuel 2:26)

Ambos tuvieron mentores negativos en sus vidas. Samuel tuvo a Elí y David tuvo a Saúl.

Ambos tuvieron la capacidad para escuchar a Dios hablar. (1 Samuel 3:10)

Ambos fueron sabios en todo lo que hicieron. (1 Samuel 3:19)

Samuel fue el juez de Israel, David se convirtió en rey.

Al igual que Samuel, David experimentó una victoria constante sobre los filisteos. (1 Samuel 9: 15-17)

Como Samuel, David tuvo un corazón obediente hacia el Señor.

ENCUENTROS DE POR VIDA

Los mentores lejanos pueden ser personas que conociste en un solo día y sin embargo cambiaron la dirección de tu vida. A finales de los setentas se me pidió que enseñara acerca de alabanza y adoración en una iglesia de San Antonio, Texas. Yo era un joven líder de alabanza en una iglesia destacada de Portland, Oregon que estaba a la vanguardia del nuevo movimiento de alabanza y adoración. El Señor me usó para inspirar a un adolescente de la congregación en el área de la música profética. Su nombre era ¡Marcos Witt! No pasé mucho tiempo con él personalmente pero con el paso de los años me convertí en su mentor "lejano" y muchas de las semillas de mi ministerio de alabanza fueron transmitidas a él y ayudaron a impulsarlo para llevar a cabo el maravilloso ministerio que Dios había planeado para él.

Cuando era un jovencito que aprendía a tocar el piano, llegué a un punto de mi vida donde lo que quería hacer era renunciar a la música e involucrarme solo en los deportes, ¡algo que sucede muy seguido! Mi mamá era muy sabia y en ese entonces me llevó a escuchar al gran concertista de piano, Van Cliburn, quien tocaría en Portland, Oregon. Esto representaba un gasto y todo un viaje para mi familia ya que vivíamos bastante lejos de ahí, en el pequeño poblado de Gearhart, Oregon. Lo que sucedió esa noche todavía permanece en mi memoria. Su concierto fue totalmente inspirador y me dio la fortaleza para mantenerme estudiando música. Asistí a la recepción que se le ofreció después del concierto y le pedí que me autografiara el programa, ¡el que todavía conservo hasta hoy! Él jamás imaginaría que se convertiría en un mentor "lejano" para mí y que rescataría mi vacilante carrera de música ¡con sólo una velada de su hermosa interpretación al piano!

MENTORES CERCANOS

DAVID VIVE CON SAMUEL

El segundo encuentro de David con Samuel no fue sino hasta algunos años después cuando el célebre músico de la corte del rey huía porque su vida era perseguida por el locamente celoso rey Saúl. Leemos en el capítulo 19 del primer libro de Samuel, en el versículo 18: "Huyó, pues, David, y escapó, y vino a Samuel en Ramá, y le dijo todo lo que Saúl había hecho con él. Y él y Samuel se fueron y moraron en Naiot". Ahora el mentor lejano se convierte en su mentor cercano, uno con el que David vive día a día. David come con Samuel, lo observa estudiar la Tora, lo escucha orar, le pregunta acerca de cualquier cosa que se le ocurre, ve a Samuel juzgar a Israel y darle profecías y palabra del Señor. Fue un banquete espiritual para David penetrar en la vida del maestro que Dios había dispuesto para él. Pocas personas tienen la oportunidad de recibir en tal medida la sabiduría de la generación anterior.

Saúl envió soldados a capturar a David y la Biblia dice en 1 Samuel 19:20: "Entonces Saúl envió mensajeros para que trajeran a David, los cuales vieron una compañía de profetas que profetizaban, y a Samuel que estaba allí y los presidía. Y vino el Espíritu de Dios sobre los mensajeros de Saúl, y ellos también profetizaron". Esta escuela de profecía musical (busca 1 Samuel 10:5-6) fue la precursora del gran Tabernáculo de David que a su vez fue el antecedente para la mayoría del libro de los Salmos. ¡La gran ola de alabanza y adoración que está afectando las naciones de la tierra hoy en día fue dada a David en forma de semilla al inscribirse en la "Escuela de Profecía Musical" de Samuel! Años más tarde, cuando David fue rey, tomó las semillas de su mentor Samuel y formó el patrón de alabanza que todavía es el modelo para nosotros en la actualidad: "Asimismo David y los jefes del ejército apartaron para el ministerio a los hijos de Asaf, de Hemán y de Jedutún, para que profetizasen con arpas, salterios y címbalos" (1 Crónicas 25:1).

EL PROCESO CUANDO HAY UN MENTOR CERCANO

La guía de un mentor cercano está diseñada para ¡acortar la distancia entre tú y tu destino! Aquí hay algunos consejos acerca de ser un mentor y de tener un mentor.

Antes que nada, no todos los mentores cercanos serán positivos. Samuel tuvo a Elí como mentor y David al rey Saúl. Algunas veces el Señor te permite internarte en situaciones que no son nada deseables. Él te está enseñando "cómo no hacerlo" más que enseñarte "cómo hacerlo". Muchas veces las lecciones negativas, debido a la ansiedad que involucran, tienen un impacto más grande que las lecciones positivas.

Toma tiempo para identificar tanto las debilidades como las fortalezas de tu mentor. Elí no disciplinó a sus hijos, Samuel no disciplinó a sus hijos y David también falló en disciplinar a algunos de sus hijos. Esto causó dos guerras por rebelión en su reino, primero con Absalón y después una rebelión menor bajo Adonías. Por siglos el reino de Judá fue afectado por la falta de desarrollo en la vida familiar de David.

La edad no es una barrera en la mente de Dios. David fue un líder sobre hombres mayores que él y a pesar de eso ellos se sujetaron de buena voluntad a su liderazgo. ¡No seas demasiado orgulloso para aprender de una persona más joven pero más calificada y avanzada que tú!

Dios quiere que el que "tiene mentor" se convierta en "mentor". Pablo escribió en su segunda epístola a Timoteo: "Lo que has oído de mí ante muchos testigos, esto encarga a hombres fieles que sean idóneos para enseñar también a otros" (2 Timoteo 2:2). Todo el propósito de un mentor es pasar esto a otros. Los ingredientes para ser mentor son:

Tiempo. Una persona debe invertirse voluntariamente en la vida de otra persona.

Ejemplo. Una persona debe mostrar voluntariamente a otros "como lo hace".

Comunicación. Uno debe tomar el tiempo para compartir su corazón con aquellos a quienes está guiando como mentor. Jesús comunicó hasta su frustración a sus discípulos en Juan 13:21: "Jesús se conmovió en espíritu, y declaró y dijo: De cierto, de cierto os digo, que uno de vosotros me va a entregar".

Corrección. El mentor debe llamar la atención con respecto a los errores que la persona guiada comete, de lo contrario no crecerá en su misión.

Ánimo. ¡El mentor debe usarlo con liberalidad! Las personas se convertirán por lo general en aquello que sus líderes creen sobre ellos.

PABLO Y TIMOTEO

¿Qué es transmitido y comunicado a aquellos que están siendo guiados? Creo que la mejor lista en la Biblia sobre esto se encuentra en 2 Timoteo 3:10 donde Pablo enumera los frutos de su discipulado sobre Timoteo. ¡Aquí está la mejor tarjeta de puntuación que un mentor puede tener!

... sabes lo que enseño

... cual es mi propósito en la vida

... conoces mi fe

... cuánto he sufrido

... conoces mi amor

... y mi perseverancia

... sabes cuánta persecución y sufrimiento he soportado.

Estas son las palabras más grandiosas que un mentor puede compartir con su estudiante, son las palabras de Pablo a Timoteo: "Pero tú debes permanecer fiel a las cosas que te han sido enseñadas. Tú sabes que son verdad porque sabes que puedes confiar en aquellos que te enseñaron" (2 Timoteo 3:14).

¡TAL VEZ NO LO SEPAS!

Dios tiene "mentores lejanos" para cada uno de nosotros que nos inspiran a alcanzar todavía más de Él pero recuerda que hay otros mirándote, ¡admirando e imitando el don que Dios ha puesto en ti! Dios tiene "mentores cercanos" para cada uno de nosotros que trabajan en nuestro carácter y nos preparan para las responsabilidades futuras que Él desea que realicemos, pero debes estar consciente que en algún lugar, detrás de ti, hay alguien mirándote y pensando en su corazón "ellos están haciendo lo que creo que Dios me llamó a hacer, ¡quiero ser justo como ellos!" En ese punto te acabas de convertir en un mentor.

Sueña, sueña, sueña 8

MARCOS WITT

Volábamos en un jet privado a 40.000 pies sobre el nivel del mar a una velocidad de más de 700 kilómetros por hora y lo más increíble es que YO llevaba el volante. Sí, leyó bien. Yo venía piloteando esta bala aérea. Resulta que hace muchos años atrás, me propuse ser piloto y aviador. Siempre había sido mi sueño y en 1996 logré conseguir mi licencia de piloto. Desde entonces he gozado de los deleites, y en ocasiones, los terrores de cruzar las vías aéreas. Pero te puedo asegurar que esta ocasión de la que te hablo, no tan solo fue un deleite sino el cumplimiento de mi sueño de algún día volar un jet. Habían mandado el jet por nosotros para participar en un concierto en cierta ciudad de México. Nunca antes se había dado esa circunstancia y yo estaba tan sorprendido como mis músicos cuando nos enteramos que a este viaje iríamos en jet privado y no en vuelo comercial. Antes de subirnos al avión, el capitán nos preguntó: "¿Quién es Marcos Witt?", a lo que contesté "Pues... yo capi". Entonces me dijo: "Me informaron que usted es piloto", a lo que respondí: "Pues, le dijeron correctamente". Lo que comentó después el piloto fue música para mis oídos: "Quiero que se venga conmigo en el lugar del copiloto". En ese momento no brinqué físicamente porque no quería aparentar menos años de los que tengo, pero le aseguro que por dentro estaba brincando, gritando y bailando por lo que acababa de oír. Ese día, piloteando ese avión, se me cumpliría un sueño más y volvería a darme cuenta de algo que ha sido una fuerza importante en mi vida siempre: ¡Dios cumple sueños!

Él cumple sueños chiquitos, grandes, medianos y de todos los colores y sabores. Él es quien da los sueños y es quien los ayuda a cumplir. Él es el dador de cosas buenas, de dádivas perfectas, el Padre de las luces y el Dador de la vida. En una ocasión Jesús dijo: "Si ustedes siendo padres imperfectos saben dar dádivas buenas a sus hijos, ¿cuánto más vuestro Padre celestial no os dará todas las cosas?" Es hora de quitarnos de la cabeza ese cuadro de un Dios severo, duro, enojado e iracundo que solo está esperando a ver quién se porta mal para darle de garrotazos.

¡NO! La ira de Dios ya fue derramada sobre Jesús en la cruz del Calvario para que tú y yo pudiéramos, *en* Cristo, gozar de la vida en abundancia que Él prometió regalarnos. Dios no solo es quien te regaló la habilidad para soñar, sino el deseo y la habilidad de cumplirlos. Dentro de ti Él puso todos los talentos y las destrezas necesarias para que cumplas con cada uno de los sueños que Él depositaría en tu vida. Lo que nos corresponde a ti y a mí es buscar los sueños de Dios y descubrir las destrezas para cumplir con cada uno de ellos. Las dos van de la mano. Una vez que descubramos lo uno, encontraremos lo otro.

Una tarde se me acercó un joven de 17 años de edad para saludarme. Con mucho entusiasmo me miró y dijo: "Marcos Witt, ha sido el sueño de toda mi vida conocerlo". Con mucha ternura le miré y le dije: "Joven, ¿qué edad tienes?" A lo que me contestó: "Diecisiete". Entonces le dije: "Necesitas soñar más en grande. Fíjate, apenas tienes 17 años y ya se te cumplió el sueño de tu vida. Necesitas poner tu mirada en un sueño mucho más grande. Necesitas poner tu mirada en un sueño mucho más eterno, en un sueño que cambiará tu destino y al de los que están a tu alrededor". Lo animé por unos momentos y luego oré por él. Le pedí a Dios que le mostrara cuál es el propósito por el que lo tiene en esta tierra. Le pedí que le diera la fortaleza y el ánimo de siempre ir en busca de sus sueños y que sus sueños fueran tan grandes que solo Dios los podría cumplir en su vida. Un sueño que no requiera de la intervención directa del Espíritu Santo, es un sueño demasiado pequeño.

Conozco a título personal la realidad de los sueños cumplidos. Además, soy una persona muy inquieta que tiene sueños nuevos casi todos los días. Por eso es que me he animado a hacer muchas cosas diferentes. Un día soñé con empezar una compañía de música cristiana. Lo hice. Después, soñé con fundar escuelas de música cristiana. Lo hice. Después, soñé con escribir libros. Lo hice. Después, soñé con empezar una organización de movilización misionera mundial. Lo hice. Después, soñé con empezar una organización de capacitación y motivación para líderes latinoamericanos. Lo hice. Puedo decir con toda seguridad que cuando Dios da un sueño, Él ayuda a cumplirlo. Lo mismo sucederá en tu vida. Hay unos pasos muy sencillos que necesitas dar para ver cumplidos tus sueños.

1) SUEÑA. Lo primero que tienes que hacer es comenzar a soñar. Necesitas comenzar a tener una visión. La Biblia dice que donde no hay visión, el pueblo se desenfrena. Cada ser humano necesita una visión, una causa por la que esté dispuesto a dar su vida. Si no tenemos una causa, vivimos una vida desesperanzada, frustrante y sin rumbo. Pídele al Señor que te muestre una causa con la que te sientes identificado. ¿Cómo encontrar una causa así?

a) *Sé curioso.* Investiga, lee, viaja, pregunta, mira videos, reportajes, habla con personas que están involucradas en algunas causas y conoce las causas de muchos otros. Ten conversaciones amplias con personas involucradas en muchas cosas distintas.

Examina si en alguna de esas conversaciones sientes una "chispa" de algo. Muchas veces así nos habla el Señor, con un "chispazo" en el interior.

b) *Involúcrate en alguna causa aunque no sientas ese "chispazo".* Es una de las maneras en la que te puedes acercar a ella y saber si te interesa saber más o verificar de una vez por todas que esta no es una causa para ti.

c) *Ora pidiéndole al Señor que te muestre un camino.* La Biblia dice que los pasos del hombre justo son ordenados por el Señor. Además, dice que el que busca halla, al que toca se le abrirá y el que llama será escuchado. Así que, busca al Señor y Él, a través de Su palabra y Su paz, te irá mostrando la visión, el sueño y la causa a la que te tenga que unir, o como en mi caso, la que fundarás.

2) PLANEA. Una vez que hayas visto el sueño y lo hayas abrazado, el siguiente paso es empezar a hacer un plan estratégico de cómo hacer cumplir este sueño.

a) *En esta primera etapa, escribe mucho.* Escribe tanto el sueño, la visión o la causa como cada cosa que se te venga a la mente de cómo lo podrías implementar. En esta fase, no te preocupe mucho por el orden en que te lleguen los pensamientos, las ideas o las estrategias, simplemente provoca que surja una lluvia de ideas y escribelas en un cuaderno de muchas hojas. Todo lo que se te ocurra, escríbelo en el cuaderno.

105

b) *Organiza tus ideas alrededor de conceptos, principios y valores.* Pon en orden a todos esos pensamientos que tuviste. Ten la sinceridad y la humildad de reconocer cuáles ideas fueron buenas y cuáles no. En esta etapa, es importante dejar que transcurran ciertos espacios de tiempo antes de filtrar la visión para que te baje la emoción de la etapa de "soñar a lo loco". Esa etapa es importante porque nos ayuda a poner un poco los pies sobre el piso.

c) *En todo lo que escribiste, busca los temas recurrentes.* Esas ideas que se te ocurrieron más de una vez, vé haciendo una lista de ellas y notarás cómo ahora tus ideas comienzan a tener cierta coherencia.

d) Diseña una breve lista de cuáles son los recursos que ya tienes a tu disposición (educación, conocimientos, dinero, contactos, amigos, gente de apoyo), y cuáles son las cosas que te hacen falta para implementar el sueño.

3) TOMA ACCION. La mayoría de las personas nunca llegan a esta etapa de sus sueños. Normalmente, se quedan en la etapa de soñar y soñar, porque eso realmente es la parte más sencilla y fácil. La etapa de planeación puede ser un tanto divertida para la mayoría, pero donde todos batallamos es en la parte de accionar con base en los planes establecidos y esta es una de las razones por las que muchísimas personas sueñan, pero nunca verán sus sueños realizados. Lógicamente, antes

de tomar acción necesitamos contar con la bendición de nuestros superiores, de nuestra familia y de aquellas personas ante quienes tenemos responsabilidad. Una vez que hemos conseguido su bendición, necesitamos enfocar toda nuestra atención en implementar el plan y ver cumplido el sueño. Tengo un par de consejos al respecto de esta última etapa:

a) *Fíjate metas con fechas.* Es decir, en tu estrategia, determina en un calendario aquellas cosas que tengan que estar terminadas para tal y cual fecha. Esto te ayudará a vivir bajo la presión positiva de tener que cumplir ciertas acciones antes de ciertas fechas. Si nunca nos ponemos fechas límites, mucho es lo que nunca terminaríamos.

b) *Rodéate de buenos consejeros y personas que te asesoren en cada paso de la implementación de tu plan.* Otra perspectiva, muchas veces, nos ayuda a ver las cosas desde otro punto de vista y nos puede ayudar a no cometer errores. Ahora, una palabra de precaución en este punto: Asegúrate de invitar a personas que crean en ti y que te apoyen. No invites a que te aconseje alguien que ni cree en ti, ni en tu proyecto. Estos abundan y solos, sin invitación, se presentarán para darle sus "consejos". Solo rodeate de personas que creen en ti y en quienes tú confías.

c) *Trabaja de tal manera y con tanta entrega como si tu vida dependiera de ello.* Si no hay pasión por lo que estás haciendo, simplemente ponte a hacer otra cosa.

Ahí está: 1) Sueña, 2) Planea y 3) Toma acción. Recuerda estas tres fases de implementación y utilízalas para medir constantemente en qué etapa te encuentras en la realización de cada sueño. Por ejemplo, yo actualmente tengo tantos sueños que estoy en el proceso de cumplir, que siempre me encuentro en una fase distinta de un sueño con respecto a otro.

Dios quiere usarte para cumplir todos tus sueños. Tan pronto hayas cumplido uno, será más fácil cumplir otro y así lo seguirás experimentando hasta que llegues a ser un gran soñador y cumplidor de sueños.

Jesús dijo: "Al que cree... TODO es posible".

Sueña, sueña y sueña,

y cuando termines de soñar,

sueña otra vez.

Tendrás toda una vida de sueños

cumplidos y deseos de Dios

para ti realizados.

Con mucho respeto,

Tu compañero de sueños,
Marcos Witt
Houston, Texas
©Febrero del 2004

Sobre el autor

Marcos Witt es fundador y director de CanZion Producciones, una compañía dedicada a servir al pueblo cristiano respaldando sus talentos y produciendo música cristiana hispanoamericana. El más reciente ministerio de CanZion Producciones es Lidere, con la única visión de servir en el desarrollo y la motivación de líderes en América Latina. Ahora, Marcos Witt es el pastor hispano de Lakewood Church de Houston, TX.

Marcos Witt ha sido el ganador del premio Grammy Latino en la categoría de mejor disco de Música Cristiana en español.

Visión:

Promover una nueva cultura en el liderazgo iberoamericano.

Misión:

Apoyar al liderazgo iberoamericano a maximizar su potencial personal y como líderes, a través de eventos de equipamiento y de procesos, presentando material de promoción en cuanto a liderazgo.

Lidere:

Somos una Organización con el propósito de dar herramientas a los líderes latinoamericanos en todo el mundo para aumentar el impacto de su liderazgo en las áreas que representan.

Creemos firmemente que la única manera de lograr una mejor sociedad, será a través del liderazgo, y que este comienza en el carácter del líder, el cual debe estar fundamentado en principios objetivos, constantes y universales.

Para más información:
Dirección: 914 W. Greens Rd. Houston, TX 77067 USA
Teléfonos: (281) 873-5080 / (281) 873-5084 fax
e-mail: lidere@lidere.org (Información General)

www.lidere.org

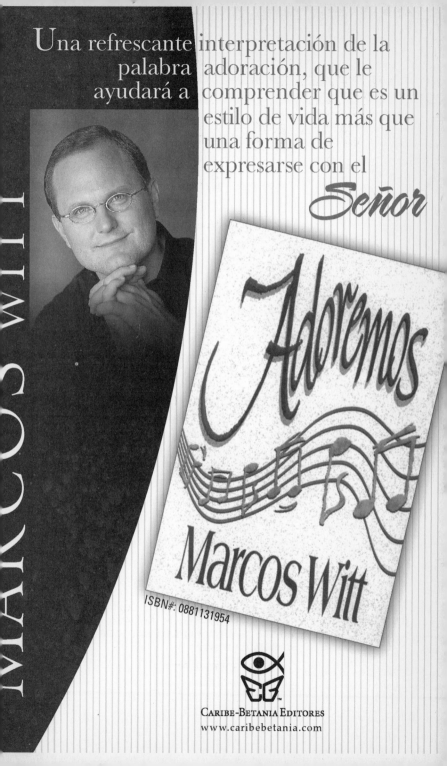

Una refrescante interpretación de la palabra adoración, que le ayudará a comprender que es un estilo de vida más que una forma de expresarse con el *Señor*

MARCOS WITT

Adoremos

Marcos Witt

ISBN#: 0881131954

CARIBE-BETANIA EDITORES
www.caribebetania.com